HÉSIODE ÉDITIONS

ALFRED DE MUSSET

Frédéric et Bernerette

Hésiode éditions

© Hésiode éditions.

1 rue Honoré - 93500 Pantin.
ISBN 978-2-493135-81-0
Dépôt légal : Septembre 2022

Impression Books on Demand GmbH

In de Tarpen 42
22848 Norderstedt, Allemagne

Frédéric et Bernerette

I

Vers les dernières années de la Restauration, un jeune homme de Besançon, nommé Frédéric Hombert, vint à Paris pour faire son droit. Sa famille n'était pas riche et ne lui donnait qu'une modique pension ; mais, comme il avait beaucoup d'ordre, peu de chose lui suffisait. Il se logea dans le quartier Latin, afin d'être à portée de suivre les cours ; ses goûts et son humeur étaient si sédentaires, qu'il visita à peine les promenades, les places et les monuments qui sont à Paris l'objet de la curiosité des étrangers. La société de quelques jeunes gens avec lesquels il eut bientôt occasion de se lier à l'École de droit, quelques maisons que des lettres de recommandation lui avaient ouvertes, telles étaient ses seules distractions. Il entretenait une correspondance réglée avec ses parents, et leur annonçait le succès de ses examens au fur et à mesure qu'il les subissait. Après avoir travaillé assidûment pendant trois ans, il vit enfin arriver le moment où il allait être reçu avocat ; il ne lui restait plus qu'à soutenir sa thèse, et il avait déjà fixé l'époque de son retour à Besançon, lorsqu'une circonstance imprévue vint pour quelque temps troubler son repos.

Il demeurait rue de la Harpe, au troisième étage, et il avait sur sa croisée des fleurs dont il prenait soin. En les arrosant, un matin, il aperçut, à une fenêtre en face de lui, une jeune fille qui se mit à rire. Elle le regardait d'un air si gai et si ouvert, qu'il ne put s'empêcher de lui faire un signe de tête. Elle lui rendit son salut de bonne grâce, et, à compter de ce moment, ils prirent l'habitude de se souhaiter ainsi le bonjour tous les matins, d'un côté de la rue à l'autre. Un jour que Frédéric s'était levé de meilleure heure que de coutume, après avoir salué sa voisine, il prit une feuille de papier qu'il plia en forme de lettre, et qu'il montra de loin à la jeune fille, comme pour lui demander s'il pouvait lui écrire ; mais elle secoua la tête en signe de refus, et se retira d'un air fâché.

Le lendemain, le hasard fit qu'ils se rencontrèrent dans la rue. La demoiselle rentrait chez elle, accompagnée d'un jeune homme que Frédéric ne connaissait pas, et qu'il ne se rappela point avoir jamais vu parmi les étudiants. À la tournure et à la toilette de sa voisine, quoiqu'elle portât un chapeau, il jugea qu'elle devait être ce qu'on appelle à Paris une grisette. Le cavalier, d'après son âge, n'était sans doute qu'un frère ou un amant, et semblait plutôt un amant qu'un frère. Quoi qu'il en fût, Frédéric résolut de ne plus songer à cette aventure. Les premiers froids étant venus, il ôta ses fleurs de la place qu'elles occupaient sur sa croisée ; mais, malgré lui, il regardait toujours dehors de temps en temps ; il rapprocha de la fenêtre le bureau où il travaillait, et arrangea son rideau de façon à pouvoir guetter sans être aperçu.

La voisine, de son côté, ne se montra plus le matin. Elle paraissait quelquefois à cinq heures du soir pour fermer ses persiennes, après avoir allumé sa lampe. Frédéric se hasarda un jour à lui envoyer un baiser. Il fut surpris de voir qu'elle le lui rendit aussi gaiement qu'autrefois son premier salut. Il prit de nouveau son morceau de papier, qui était resté plié sur sa table, et, s'expliquant par signes du mieux qu'il put, il demanda qu'on lui écrivît ou qu'on reçût son billet. Mais la réponse ne fut pas plus favorable que la première fois ; la grisette secoua encore la tête, et il en fut de même pendant huit jours. Les baisers étaient bienvenus, mais, quant aux lettres, il fallait y renoncer.

Au bout d'une semaine, Frédéric, dépité d'essuyer sans cesse le même refus, déchira son papier devant sa voisine. Elle en rit d'abord, resta quelque temps indécise, puis tira de la poche de son tablier un billet qu'elle montra à son tour à l'étudiant. Vous jugez bien qu'il ne secoua pas la tête. Ne pouvant parler, il écrivit en grosses lettres, sur une grande feuille de papier à dessin, ces trois mots : « Je vous adore ! » Puis il posa la feuille sur une chaise et plaça une bougie allumée de chaque côté. La belle grisette, armée d'une lorgnette, put lire ainsi la première déclaration de son amant. Elle y répondit par un sourire, et fit signe à Frédéric de descendre pour venir chercher le billet qu'elle lui avait montré.

Le temps était obscur, et il faisait un épais brouillard. Le jeune homme descendit lestement, traversa la rue et entra dans la maison de sa voisine ; la porte était ouverte, et la demoiselle était au bas de l'escalier. Frédéric, l'entourant de ses bras, fut plus prompt à l'embrasser qu'à lui parler. Elle s'enfuit toute tremblante.

– Que m'avez-vous écrit ? demanda-t-il ; quand et comment puis-je vous revoir ?

Elle, s'arrêta, revint sur ses pas, et, glissant son billet dans la main de Frédéric :

– Tenez, lui dit-elle, et ne découchez plus.

Il était arrivé en effet à l'étudiant, depuis peu, de passer, malgré sa sagesse, la nuit hors du logis, et la grisette l'avait remarqué.

Quand deux amoureux sont d'accord, les obstacles sont bien peu de chose. Le billet remis à Frédéric annonçait les plus grandes précautions à prendre, parlait de dangers menaçants, et demandait où il fallait aller pour se voir. Ce ne pouvait être, disait-on, dans l'appartement du jeune homme. Il fallut donc chercher une chambrette aux alentours. Le quartier Latin n'en manque pas. Le premier rendez-vous était fixé, lorsque Frédéric reçut la lettre suivante :

« Vous dites que vous m'adorez, et vous ne me dites pas si vous me trouvez jolie. Vous m'avez mal vue, et, pour pouvoir m'aimer, il faut que vous me voyiez mieux. Je vais sortir avec ma bonne ; sortez de votre côté, et venez à ma rencontre dans la rue. Vous m'aborderez comme une connaissance, vous me direz quelques mots, et regardez-moi bien pendant ce temps-là. Si vous ne me trouvez pas jolie, vous me le direz et je ne m'en fâcherai pas. C'est tout simple, et d'ailleurs je ne suis pas méchante.

« Mille baisers.

Bernerette. »

Frédéric obéit aux ordres de sa maîtresse, et je n'ai que faire de dire que l'épreuve ne fut pas douteuse. Cependant Bernerette, par un raffinement de coquetterie, au lieu de se munir de tous ses atours pour cette rencontre, se présenta en négligé, les cheveux relevés sous son chapeau. L'étudiant lui fit un respectueux salut, lui répéta qu'il la trouvait plus belle que jamais, puis rentra chez lui, ravi de sa nouvelle conquête ; mais elle lui sembla bien plus belle encore le lendemain, lorsqu'elle vint au rendez-vous, et il vit là qu'elle pouvait se passer non seulement d'atours, mais encore de toute espèce de toilette, même la plus négligée.

II

Frédéric et Bernerette s'étaient livrés à leur amour avant d'avoir échangé presque un seul mot, et ils en étaient à se tutoyer aux premières paroles qu'ils s'adressèrent. Enlacés dans les bras l'un de l'autre, ils s'assirent près de la cheminée, où pétillait un bon feu. Là, Bernerette, appuyant sur les genoux de son amant ses joues brillantes des belles couleurs du plaisir, lui apprit qui elle était. Elle avait joué la comédie en province. Elle s'appelait Louise Durand, et Bernerette était son nom de guerre ; elle vivait depuis deux ans avec un jeune homme qu'elle n'aimait plus. Elle voulait, à tout prix, s'en débarrasser, et changer sa manière de vivre, soit en rentrant au théâtre, si elle trouvait quelque protection, soit en apprenant un métier. Du reste, elle ne s'expliqua ni sur sa famille ni sur le passé. Elle annonçait seulement sa résolution de briser ses liens, qui lui étaient insupportables. Frédéric ne voulut pas la tromper, et lui peignit sincèrement la position où il se trouvait lui-même ; n'étant pas riche, et connaissant peu le monde, il ne pouvait lui être que d'un bien faible secours. – Comme je ne puis me charger de toi, ajoutait-il, je ne veux, sous aucun prétexte, devenir la cause d'une rupture ; mais, comme il me serait trop cruel de te partager avec un autre, je partirai bien à regret, et je garderai dans mon cœur le souvenir d'un heureux jour.

À cette déclaration inattendue, Bernerette se mit à pleurer. – Pourquoi partir ? dit-elle. Si je me brouille avec mon amant, ce n'est pas toi qui en seras cause, puisqu'il y a longtemps que j'y suis déterminée. Si j'entre chez une lingère pour faire mon apprentissage, est-ce que tu ne m'aimeras plus ? Il est fâcheux que tu ne sois pas riche ; mais que veux-tu ! nous ferons comme nous pourrons.

Frédéric allait répliquer, mais un baiser lui imposa silence. – N'en parlons plus, et n'y pensons plus, dit enfin Bernerette. Quand tu voudras de moi, fais-moi signe par la fenêtre, et ne t'inquiète pas du reste qui ne te regarde pas.

Pendant six semaines environ, Frédéric ne travailla guère. Sa thèse commencée restait sur sa table ; il y ajoutait une ligne de temps en temps. Il savait que, si l'envie de s'amuser lui venait, il n'avait qu'à ouvrir sa croisée : Bernerette était toujours prête ; et quand il lui demandait comment elle jouissait de tant de liberté, elle lui répondait toujours que cela ne le regardait pas. Il avait dans son tiroir quelques économies, qu'il dépensa rapidement. Au bout de quinze jours, il fut obligé d'avoir recours à un ami pour donner à souper à sa maîtresse.

Quand cet ami, qui se nommait Gérard, apprit le nouveau genre de vie de Frédéric : Prends garde à toi, lui dit-il, tu es amoureux. Ta grisette n'a rien, et tu n'as pas grand'chose ; je me défierais à ta place d'une comédienne de province ; ces passions-là mènent plus loin qu'on ne pense.

Frédéric répondit en riant qu'il ne s'agissait point d'une passion, mais d'une amourette passagère. Il raconta à Gérard comment il avait fait connaissance, par sa croisée, avec Bernerette. – C'est une fille qui ne pense qu'à rire, dit-il à son ami ; il n'y a rien de moins dangereux qu'elle, et rien de moins sérieux que notre liaison.

Gérard se rendit à ces raisons et engagea cependant Frédéric à travailler.

Celui-ci assura que sa thèse allait être bientôt terminée, et, pour n'avoir pas fait un mensonge, il se mit en effet à l'ouvrage pendant quelques heures ; mais le soir même Bernerette l'attendait. Ils allèrent ensemble à la Chaumière, et le travail fut laissé de côté.

La Chaumière est le Tivoli du quartier Latin ; c'est le rendez-vous des étudiants et des grisettes. Il s'en faut que ce soit un lieu de bonne compagnie, mais c'est un lieu de plaisir : on y boit de la bière et on y danse ; une gaieté franche, parfois un peu bruyante, anime l'assemblée. Les élégantes y ont des bonnets ronds, et les fashionables des vestes de velours ; on y fume, on y trinque, on y fait l'amour en plein air. Si la police interdisait l'entrée de ce jardin délicieux aux créatures qu'elle enregistre, ce serait peut-être là seulement que se retrouverait encore à Paris cette ancienne vie des étudiants, si libre et si joyeuse, dont les traditions se perdent tous les jours.

Frédéric, en sa qualité de provincial, n'était pas homme à faire le difficile sur les gens qu'il rencontrait là ; et Bernerette, qui ne voulait que se divertir, ne l'en eût pas fait apercevoir. Il faut un certain usage du monde pour savoir où il est permis de s'amuser. Notre heureux couple ne raisonnait pas ses plaisirs ; quand il avait dansé toute la soirée, il rentrait fatigué et content. Frédéric était si novice, que ses premières folies de jeunesse lui semblaient le bonheur même. Quand Bernerette, appuyée sur son bras, sautait en marchant sur le boulevard Neuf, il n'imaginait rien de plus doux que de vivre ainsi au jour le jour. Ils se demandaient de temps en temps l'un à l'autre où en étaient leurs affaires, mais ni l'un ni l'autre ne répondait clairement à cette question. La chambrette garnie, située près du Luxembourg, était payée pour deux mois ; c'était l'important. Quelquefois, en y arrivant, Bernerette avait sous le bras un pâté enveloppé dans du papier, et Frédéric une bouteille de bon vin. Ils s'attablaient alors ; la jeune fille chantait au dessert les couplets des vaudevilles qu'elle avait joués ; si elle avait oublié les paroles, l'étudiant improvisait, pour les remplacer, des vers à la louange de son amie, et, quand il ne trouvait pas la rime, un baiser en tenait lieu. Ils passaient ainsi la nuit tête à tête, sans se douter du temps qui s'écoulait.

— Tu ne fais plus rien, disait Gérard, et ton amourette passagère durera plus longtemps qu'une passion. Prends garde à toi ; tu dépenses de l'argent, et tu négliges les moyens que tu as d'en gagner.

— Rassure-toi, répondait Frédéric ; ma thèse avance, et Bernerette va entrer en apprentissage chez une lingère. Laisse-moi jouir en paix d'un moment de bonheur, et ne t'inquiète pas de l'avenir.

L'époque approchait cependant où il fallait imprimer la thèse. Elle fut achevée à la hâte et n'en valut pas moins pour cela. Frédéric fut reçu avocat ; il adressa à Besançon plusieurs exemplaires de sa dissertation, accompagnée de son diplôme. Son père répondit à cette heureuse nouvelle par l'envoi d'une somme beaucoup plus considérable qu'il n'était nécessaire pour payer les frais de retour au pays. La joie paternelle vint donc ainsi, sans le savoir, au secours de l'amour. Frédéric put rendre à son ami l'argent que celui-ci lui avait prêté, et le convaincre de l'inutilité de ses remontrances. Il voulut faire un cadeau à Bernerette, mais elle le refusa.

— Fais-moi cadeau d'un souper, lui dit-elle ; tout ce que je veux de toi, c'est toi.

Avec un caractère aussi gai que celui de cette jeune fille, dès qu'elle avait le moindre chagrin, il était facile de s'en apercevoir. Frédéric la trouva triste un jour et lui en demanda la raison. Après quelque hésitation, elle tira de sa poche une lettre.

— C'est une lettre anonyme, dit-elle ; le jeune homme qui demeure avec moi l'a reçue hier, et me l'a donnée en me disant qu'il n'ajoutait aucune foi à des accusations non signées. Qui a écrit cela ? je l'ignore. L'orthographe est aussi mauvaise que le style ; mais ce n'en est pas moins dangereux pour moi : on me dénonce comme une fille perdue, et l'on va jusqu'à préciser le jour et l'heure de nos derniers rendez-vous. Il faut que ce soit quelqu'un de la maison, une portière ou une femme de chambre ; je ne sais que faire ni comment me préserver du péril qui me menace.

– Quel péril ? demanda Frédéric.

– Je crois, dit en riant Bernerette, qu'il n'y va pas moins que de ma vie. J'ai affaire à un homme d'un caractère violent, et, s'il savait que je le trompe, il serait très capable de me tuer.

Frédéric relut en vain la lettre, et l'examina de cent façons, il ne put reconnaître l'écriture. Il rentra chez lui fort inquiet, et résolut de ne pas voir Bernerette de quelques jours ; mais il reçut bientôt d'elle un billet.

« Il sait tout, écrivait-elle ; je ne sais qui a parlé ; je crois que c'est la portière. Il ira vous voir ; il veut se battre avec vous. Je n'ai pas la force d'en dire davantage ; je suis plus morte que vive. »

Frédéric passa la journée entière dans sa chambre ; il s'attendait à la visite de son rival, ou du moins à une provocation. Il fut surpris de ne recevoir ni l'une ni l'autre. Le lendemain et pendant les huit jours suivants, même silence. Il apprit enfin que M. de N***, l'amant de Bernerette, avait eu avec elle une explication, à la suite de laquelle celle-ci avait quitté la maison et s'était sauvée chez sa mère. Resté seul et désolé de la perte d'une maîtresse qu'il aimait éperdument, le jeune homme était sorti un matin et n'avait plus reparu. Au bout de quatre jours, ne le voyant pas revenir, on avait fait ouvrir la porte de son appartement ; il avait laissé sur sa table une lettre qui annonçait son fatal dessein. Ce ne fut qu'une semaine plus tard qu'on trouva dans la forêt de Meudon les restes de cet infortuné.

III

L'impression que ressentit Frédéric à la nouvelle de ce suicide fut profonde. Bien qu'il ne connût pas ce jeune homme et qu'il ne lui eût jamais adressé la parole, il savait son nom, qui était celui d'une famille illustre. Il vit arriver les parents, les frères en deuil, et il sut les tristes détails des recherches auxquelles on avait été obligé de se livrer pour découvrir le mort. Les scellés furent mis ; bientôt après, les tapissiers enlevèrent les meubles ; la fenêtre auprès de laquelle travaillait Bernerette resta ouverte, et ne montra plus que les murs d'un appartement désert.

On n'éprouve de remords que lorsqu'on est coupable, et Frédéric n'avait aucun reproche sérieux à se faire, puisqu'il n'avait trompé personne, et qu'il n'avait même jamais su clairement où en étaient les choses entre la grisette et son amant. Mais il se sentait pénétré d'horreur en se voyant la cause involontaire d'une fatalité si cruelle. – Que n'est-il venu me trouver ! se disait-il ; que n'a-t-il tourné contre moi l'arme dont il a fait un si funeste usage ! Je ne sais comment j'aurais agi, ni ce qui se serait passé ; mais mon cœur me dit qu'il ne serait pas arrivé un tel malheur. Que n'ai-je appris seulement qu'il l'aimait à ce point ! Que n'ai-je été témoin de sa douleur ! Qui sait ? je serais peut-être parti ; je l'aurais peut-être convaincu, guéri, ramené à la raison par des paroles franches et amicales. Dans tous les cas, il vivrait encore, et j'aimerais mieux qu'il m'eût cassé le bras que de penser qu'en se donnant la mort il a peut-être prononcé mon nom !

Au milieu de ces tristes réflexions arriva une lettre de Bernerette ; elle était malade et gardait le lit. Dans la dernière scène avec elle, M. de N*** l'avait frappée, et elle avait fait une chute dangereuse. Frédéric sortit pour aller la voir, mais il n'en eut pas le courage. En la gardant pour maîtresse, il lui semblait commettre un meurtre. Il se décida à partir ; après avoir mis ordre à ses affaires, il envoya à la pauvre fille ce dont il put disposer, lui promit de ne pas l'abandonner si elle tombait dans la misère : puis il retourna à Besançon.

Son arrivée fut, comme on peut penser, un jour de fête pour sa famille. On le félicita sur son nouveau titre, on l'accabla de questions sur son séjour à Paris ; son père le conduisit avec orgueil chez toutes les personnes de distinction de la ville. Bientôt on lui fit part d'un projet conçu pendant son absence : on avait pensé à le marier, et on lui proposa la main d'une jeune et jolie personne dont la fortune était honorable. Il ne refusa ni n'accepta ; il avait dans l'âme une tristesse que rien ne pouvait surmonter. Il se laissa mener partout où l'on voulut, répondit de son mieux à ceux qui l'interrogeaient, et s'efforça même de faire la cour à sa prétendue ; mais c'était sans plaisir et presque malgré lui qu'il s'acquittait de ces devoirs : non que Bernerette lui fût assez chère pour le faire renoncer à un mariage avantageux ; mais les dernières circonstances avaient agi sur lui trop fortement pour qu'il pût s'en remettre si vite. Dans un cœur troublé par le souvenir, il n'y a pas de place pour l'espérance ; ces deux sentiments, dans leur extrême vivacité, s'excluent l'un l'autre ; ce n'est qu'en s'affaiblissant qu'ils se concilient, s'adoucissent et finissent par s'appeler mutuellement.

La jeune personne dont il s'agissait avait un caractère très mélancolique. Elle n'éprouvait pour Frédéric ni sympathie ni répugnance ; c'était, comme lui, par obéissance qu'elle se prêtait aux projets de ses parents. Grâce à la facilité qu'on leur laissait de causer ensemble, ils s'aperçurent tous deux de la vérité. Ils sentirent que l'amour ne leur venait pas, et l'amitié leur vint sans efforts. Un jour que les deux familles réunies avaient fait une partie de campagne, Frédéric, au retour, donna le bras à sa future. Elle lui demanda s'il n'avait pas laissé à Paris quelque affection, et il lui conta son histoire. Elle commença par la trouver plaisante et par la traiter de bagatelle ; Frédéric n'en parlait pas non plus autrement que comme d'une folie sans importance ; mais la fin du récit parut sérieuse à mademoiselle Darcy (c'était le nom de la jeune personne). – Grand Dieu ! dit-elle, c'est bien cruel. Je comprends ce qui s'est passé en vous, et je vous en estime davantage. Mais vous n'êtes pas coupable ; laissez faire le temps. Vos parents sont aussi pressés sans doute que les miens de conclure le mariage qu'ils ont en tête ; fiez-vous à moi, je vous épargnerai le plus d'ennuis possible, et, en tout cas, la peine d'un refus.

Ils se séparèrent sur ces mots. Frédéric soupçonna que mademoiselle Darcy avait de son côté une confidence à lui faire. Il ne se trompait pas. Elle aimait un jeune officier sans fortune qui avait demandé sa main et qui avait été repoussé par la famille. Elle fit preuve de franchise à son tour, et Frédéric lui jura qu'il ne l'en ferait pas repentir. Il s'établit entre eux une convention tacite de résister à leurs parents, tout en paraissant se soumettre à leur volonté. On les voyait sans cesse l'un auprès de l'autre, dansant ensemble au bal, causant au salon, marchant à l'écart à la promenade ; mais, après s'être comportés toute la journée comme deux amants, ils se serreraient la main en se quittant et se répétaient chaque soir qu'ils ne deviendraient jamais époux.

De pareilles situations sont très dangereuses. Elles ont un charme qui entraîne, et le cœur s'y livre avec confiance ; mais l'amour est une divinité jalouse qui s'irrite dès qu'on cesse de la craindre, et on aime quelquefois seulement parce qu'on a promis de ne pas aimer. Au bout de quelque temps, Frédéric avait recouvré sa gaieté ; il se disait qu'après tout ce n'était pas sa faute si une légère intrigue avait eu un dénoûment sinistre ; que tout autre à sa place eût agi comme lui, et qu'enfin il faut oublier ce qu'il est impossible de réparer. Il commença à trouver du plaisir à voir tous les jours mademoiselle Darcy ; elle lui parut plus belle qu'au premier abord. Il ne changea pas de conduite auprès d'elle ; mais il mit peu à peu dans ses discours et dans ses protestations d'amitié une chaleur à laquelle on ne pouvait se méprendre. Aussi la jeune personne ne s'y méprit-elle pas ; l'instinct féminin l'avertit promptement de ce qui se passait dans le cœur de Frédéric. Elle en fut flattée et presque touchée ; mais, soit qu'elle fût plus constante que lui, soit qu'elle ne voulût pas revenir sur sa parole, elle prit la détermination de rompre entièrement avec lui et de lui ôter toute espérance. Il fallait attendre pour cela qu'il s'expliquât plus clairement, et l'occasion s'en présenta bientôt.

Un soir que Frédéric s'était montré plus enjoué qu'à l'ordinaire, mademoiselle Darcy, pendant qu'on prenait le thé, alla s'asseoir dans une petite pièce reculée. Une certaine disposition romanesque, qui est souvent naturelle aux femmes, prêtait ce jour-là à son regard et à sa parole un attrait indéfinissable. Sans se rendre compte de ce qu'elle éprouvait, elle se sentait la faculté de produire une impression violente, et elle cédait à la tentation d'user de sa puissance, dût-elle en souffrir elle-même. Frédéric l'avait vue sortir ; il la suivit, s'approcha, et, après quelques mots sur l'air de tristesse qu'il remarquait en elle :

– Eh bien ! mademoiselle, lui dit-il, pensez-vous que le jour approche où il faudra vous déclarer d'une matière positive ? Avez-vous trouvé quelque moyen d'éluder cette nécessité ? Je viens vous consulter là-dessus. Mon père me questionne sans cesse, et je ne sais plus que lui répondre. Que puis-je objecter contre cette alliance, et comment dire que je ne veux pas de vous ? Si je feins de vous trouver trop peu de beauté, de sagesse ou d'esprit, personne ne voudra me croire. Il faut donc que je dise que j'en aime une autre, et plus nous tarderons, plus je mentirai en le disant. Comment pourrait-il en être autrement ? Puis-je impunément vous voir sans cesse ? L'image d'une personne absente peut-elle, devant vous, ne pas s'effacer ! Apprenez-moi donc ce qu'il me faut répondre, et ce que vous pensez vous-même. Vos intentions n'ont-elles pas changé ? Laisserez-vous votre jeunesse se consumer dans la solitude ? Resterez-vous fidèle à un souvenir, et ce souvenir vous suffira-t-il ? Si j'en juge d'après moi, j'avoue que je ne puis le croire ; car je sens que c'est se tromper que de résister à son propre cœur et à la destinée commune, qui veut qu'on oublie et qu'on aime. Je tiendrai ma parole, si vous l'ordonnez ; mais je ne puis m'empêcher de vous dire que cette obéissance me sera cruelle. Sachez donc que maintenant c'est de vous seule que dépend notre avenir, et prononcez.

– Je ne suis pas surprise de ce que vous me dites, répondit mademoiselle Darcy ; c'est là le langage de tous les hommes. Pour eux, le moment présent est tout, et ils sacrifieraient leur vie entière à la tentation de faire un compliment. Les femmes ont aussi des tentations de ce genre ; mais la différence est qu'elles y résistent. J'ai eu tort de me fier à vous, et il est juste que j'en porte la peine ; mais, quand mon refus devrait vous blesser et m'attirer votre ressentiment, vous apprendrez de moi une chose dont plus tard vous sentirez la vérité : c'est qu'on n'aime qu'une fois dans la vie, quand on est capable d'aimer. Les inconstants n'aiment pas ; ils jouent avec le cœur. Je sais que, pour le mariage, on dit que l'amitié suffit ; c'est possible dans certains cas ; mais comment serait-ce possible pour nous, puisque vous savez que j'ai de l'amour pour quelqu'un ? En supposant que vous abusiez aujourd'hui de ma confiance pour me déterminer à vous épouser, que ferez-vous de ce secret quand je serai votre femme ? N'en sera-ce pas assez pour nous rendre à tous deux le bonheur impossible ? Je veux croire que vos amours parisiennes ne sont qu'une folie de jeune homme. Pensez-vous qu'elles m'aient donné bonne opinion de votre cœur, et qu'il me soit indifférent de vous connaître d'un caractère aussi frivole ? Croyez-moi, Frédéric, ajouta-t-elle en prenant la main du jeune homme, croyez-moi, vous aimerez un jour, et ce jour-là, si vous vous souvenez de moi, vous aurez peut-être quelque estime pour celle qui a osé vous parler ainsi. Vous saurez alors ce que c'est que l'amour.

Mademoiselle Darcy se leva à ces paroles, et sortit. Elle avait vu le trouble de Frédéric et l'effet que son discours produisait sur lui ; elle le laissa plein de tristesse. Le pauvre garçon était trop inexpérimenté pour supposer que, dans une déclaration aussi formelle, il pût y avoir de la coquetterie. Il ne connaissait pas les mobiles étranges qui gouvernent quelquefois les actions des femmes ; il ne savait pas que celle qui veut réellement refuser se contente de dire non, et que celle qui s'explique veut être convaincue.

Quoi qu'il en soit, cette conversation eut sur lui la plus fâcheuse influence. Au lieu de chercher à persuader mademoiselle Darcy, il évita, les jours suivants, toute occasion de lui parler seul à seul. Trop fière pour se repentir, elle le laissa s'éloigner en silence. Il alla trouver son père, et lui parla de la nécessité de faire son stage. Quant au mariage, ce fut mademoiselle Darcy qui se chargea de répondre la première ; elle n'osa refuser tout à fait, de peur d'irriter sa famille, mais elle demanda qu'on lui donnât le temps de réfléchir, et elle obtint qu'on la laisserait tranquille pendant un an. Frédéric se disposa donc à retourner à Paris ; on augmenta un peu sa pension, et il quitta Besançon plus triste encore qu'il n'y était venu. Le souvenir du dernier entretien avec mademoiselle Darcy le poursuivait comme un présage funeste, et, tandis que la malle-poste l'emportait loin de son pays, il se répétait tout bas : Vous saurez ce que c'est que l'amour.

IV

Il ne se logea point, cette fois, dans le quartier Latin ; il avait affaire au Palais de Justice, et il prit une chambre près du quai aux Fleurs. À peine arrivé, il reçut la visite de son ami Gérard. Celui-ci, pendant l'absence de Frédéric, avait fait un héritage considérable. La mort d'un vieil oncle l'avait rendu riche ; il avait un appartement dans la Chaussée-d'Antin, un cabriolet et des chevaux ; il entretenait en outre une jolie maîtresse ; il voyait beaucoup de jeunes gens ; on jouait chez lui toute la journée et quelquefois toute la nuit. Il courait les bals, les spectacles, les promenades ; en un mot, de modeste étudiant il était devenu un jeune homme à la mode.

Sans abandonner ses études, Frédéric fut entraîné dans le tourbillon qui environnait son ami. Il y apprit bientôt à mépriser ses anciens plaisirs de la Chaumière. Ce n'est pas là qu'irait se montrer ce qu'on appelle la jeunesse dorée. C'est souvent en moins bonne compagnie, mais peu importe ; il suffit de l'usage, et il est plus noble de se divertir chez Musard avec la canaille qu'au boulevard Neuf avec d'honnêtes gens. Gérard n'était pas d'une partie qu'il ne voulût y emmener Frédéric. Celui-ci résistait le plus possible, et finissait par se laisser conduire. Il fit donc connaissance avec un monde qui lui était inconnu ; il vit de près des actrices, des danseuses, et l'approche de ces divinités est d'un effet immense sur un provincial ; il se lia avec des joueurs, des étourdis, des gens qui parlaient en souriant de deux cents louis qu'ils avaient perdus la veille ; il lui arriva de passer la nuit avec eux, et il les vit, le jour venu, après douze heures employées à boire et à remuer des cartes, se demander, en faisant leur toilette, quels seraient les plaisirs de la journée. Il fut invité à des soupers où chacun avait à ses côtés une femme à soi appartenant, à laquelle on ne disait mot, et qu'on emmenait en sortant comme on prend sa canne et son chapeau. Bref, il assista à tous les travers, à tous les plaisirs de cette vie légère, insouciante, à l'abri de la tristesse, que mènent seuls quelques élus qui ne semblent appartenir que par la jouissance au reste de la race humaine.

Il commença par s'en trouver bien, en ce qu'il y perdit toute humeur chagrine et tout souvenir importun. Et, en effet, il n'y a pas moyen, dans une sphère pareille, d'être seulement préoccupé ; il faut se divertir ou s'en aller. Mais Frédéric se fit tort en même temps, en ce qu'il perdit la réflexion et ses habitudes d'ordre, la suprême sauvegarde. Il n'avait pas de quoi jouer longtemps, et il joua ; son malheur voulut qu'il commençât par gagner, et sur son gain il eut de quoi perdre. Il était habillé par un vieux tailleur de Besançon, qui, depuis nombre d'années, servait sa famille ; il lui écrivit qu'il ne voulait plus de ses habits, et il prit un tailleur à la mode. Il n'eut bientôt plus le temps d'aller au Palais : comment l'aurait-il eu avec des jeunes gens qui, dans leur désœuvrement affairé, n'ont pas le loisir de lire un journal. Il faisait donc son stage sur le boulevard ; il dînait au café, allait au bois, avait de beaux habits et de l'or dans ses poches ; il ne lui manquait qu'un cheval et une maîtresse pour être un dandy accompli.

Ce n'est pas peu dire, il est vrai ; au temps passé, un homme n'était homme, et ne vivait réellement, qu'à la condition de posséder trois choses, un cheval, une femme et une épée. Notre siècle prosaïque et pusillanime a d'abord, de ces trois amis, retranché le plus noble, le plus sûr, le plus inséparable de l'homme de cœur. Personne n'a plus l'épée au côté ; mais, hélas ! peu de gens ont un cheval, et il y en a qui se vantent de vivre sans maîtresse.

Un jour que Frédéric avait des dettes urgentes à payer, il s'était vu forcé de faire quelques démarches auprès de ses compagnons de plaisir, qui n'avaient pu l'obliger. Il obtint enfin, sur son billet, trois mille francs d'un banquier qui connaissait son père. Lorsqu'il eut cette somme dans sa poche, se sentant joyeux et tranquille après beaucoup d'agitation, il fit un tour de boulevard avant de rentrer chez lui. Comme il passait au coin de la rue de la Paix pour s'en revenir dans les Tuileries, une femme qui donnait le bras à un jeune homme se mit à rire en le voyant : c'était Bernerette. Il s'arrêta et la suivit des yeux ; de son côté, elle tourna plusieurs fois la tête ; il changea de route sans trop savoir pourquoi et s'en fut au Café de Paris.

Il s'y était promené une heure, et il montait pour aller dîner, quand Bernerette passa de nouveau. Elle était seule ; il l'aborda et lui demanda si elle voulait venir dîner avec lui. Elle accepta et prit son bras, mais elle le pria de la mener chez un traiteur moins en évidence.

– Allons au cabaret, dit-elle gaiement ; je n'aime pas à dîner dans la rue.

Ils montèrent en fiacre, et, comme autrefois, ils s'étaient donné mille baisers avant de se demander de leurs nouvelles.

Le tête à tête fut joyeux, et les tristes souvenirs en furent bannis. Bernerette se plaignit cependant que Frédéric ne fût pas venu la voir ; mais il se contenta de lui répondre qu'elle devait bien savoir pourquoi. Elle lut aussitôt dans les yeux de son amant, et comprit qu'il fallait se taire. Assis près d'un bon feu, comme au premier jour, ils ne songèrent qu'à jouir en liberté de l'heureuse rencontre qu'ils devaient au hasard. Le vin de Champagne anima leur gaieté, et avec lui vinrent les tendres propos qu'inspire cette liqueur de poète, dédaignée par les délicats. Après dîner, ils allèrent au spectacle. À onze heures, Frédéric demanda à Bernerette où il fallait la reconduire ; elle garda quelque temps le silence, à demi honteuse et à demi craintive ; puis, entourant de ses bras le cou du jeune homme, elle lui dit timidement à l'oreille :

– Chez toi.

Il témoigna quelque étonnement de la trouver libre.

– Eh ! quand je ne le serais pas, répondit-elle, ne crois-tu pas que je t'aime ? Mais je le suis, ajouta-t-elle aussitôt, voyant Frédéric hésiter ; la personne qui m'accompagnait tantôt t'a peut-être donné à penser ; l'as-tu regardée ?

– Non, je n'ai regardé que toi.

– C'est un excellent garçon ; il est marchand de nouveautés et assez riche ; il veut m'épouser.

– T'épouser, dis-tu ! Est-ce sérieux ?

– Très sérieux ; je ne l'ai pas trompé, il sait l'histoire entière de ma vie ; mais il est amoureux de moi. Il connaît ma mère, et il a fait sa demande il y a un mois. Ma mère ne voulait rien dire sur mon compte ; elle a pensé me battre quand elle a appris que je lui avais tout déclaré. Il veut que je tienne son comptoir : ce serait une assez jolie place, car il gagne par an une quinzaine de mille francs ; malheureusement cela ne se peut pas.

– Pourquoi ? Y a-t-il quelque obstacle ?

– Je te dirai cela ; commençons par aller chez toi.

– Non ; parle-moi d'abord franchement.

– C'est que tu vas te moquer de moi. J'ai de l'estime et de l'amitié pour lui, c'est le meilleur homme de la terre ; mais il est trop gros.

– Trop gros ? Quelle folie !

– Tu ne l'as pas vu : il est gros et petit, et tu as une si jolie taille !

– Et sa figure, comment est-elle ?

– Pas trop mal ; il a un mérite, c'est d'avoir l'air bon et de l'être. Je lui suis plus reconnaissante que je ne puis le dire, et si j'avais voulu, même sans m'épouser, il m'aurait déjà fait du bien. Pour rien au monde je ne voudrais le chagriner, et si je pouvais lui rendre un service, je le ferais de tout mon cœur.

– Épouse-le donc, s'il en est ainsi.

– Il est trop gros ; c'est impossible. Allons chez toi, nous causerons.

Frédéric se laissa entraîner, et lorsqu'il s'éveilla le lendemain, il avait oublié ses ennuis passés et les beaux yeux de mademoiselle Darcy.

V

Bernerette le quitta après déjeuner, et ne voulut pas qu'il la ramenât chez elle. Il mit de côté l'argent qu'on lui avait prêté, bien résolu à payer ses dettes ; mais il ne se pressa pas de les payer. Quelque temps après, il fut d'un souper chez Gérard ; on ne se sépara qu'au jour. Comme il sortait, Gérard l'arrêta.

– Que vas-tu faire ? lui dit-il ; il est trop tard pour dormir ; allons déjeuner à la campagne.

La partie fut arrangée ; Gérard envoya réveiller sa maîtresse, et lui fit dire de se préparer.

– C'est dommage, dit-il à son ami, que tu n'aies pas aussi quelqu'un à emmener ; nous ferions partie carrée, ce serait plus gai.

– Qu'à cela ne tienne, répondit Frédéric, cédant à un mouvement d'amour-propre ; je vais, si tu veux, écrire un petit mot que ton groom portera ici près ; quoiqu'il soit un peu matin, Bernerette viendra, je n'en doute pas.

– À merveille ! Qu'est-ce que c'est que Bernerette ? N'est-ce pas ta grisette d'autrefois ?

– Précisément ; c'est à son sujet que tu me faisais ta morale.

– Vraiment ? dit Gérard en riant ; mais j'avais peut être raison, ajouta-t-il, car tu es d'un caractère constant, et c'est dangereux avec ces demoiselles.

Comme il parlait, sa maîtresse entra ; Bernerette ne se fit pas attendre, elle arriva parée de son mieux. On envoya chercher une voiture de remise, et, malgré un temps assez froid, on partit pour Montmorency. Le ciel était clair, le soleil brillait ; les jeunes gens fumaient, les deux dames chantaient ; au bout d'une lieue, elles étaient amies.

On fit une promenade à cheval ; lancé au galop dans les bois, Frédéric se sentait battre le cœur ; jamais il ne s'était trouvé si à l'aise : Bernerette était près de lui ; il voyait avec orgueil l'impression que produisait sur Gérard le charmant visage de la jeune fille animé par la course. Après un long détour dans la forêt, ils s'arrêtèrent sur une petite éminence où se trouvaient une maisonnette et un moulin. La meunière leur donna une bouteille de vin blanc, et ils s'assirent sur une bruyère.

– Nous aurions bien dû, dit Gérard, apporter quelques gâteaux ; la digestion se fait vite à cheval, et je me sens de l'appétit ; nous aurions fait un petit repas sur l'herbe avant de reprendre le chemin de l'auberge.

Bernerette tira de sa poche une talmouse qu'elle avait prise en passant à Saint-Denis, et l'offrit de si bonne grâce à Gérard, qu'il lui baisa la main pour la remercier.

– Faisons mieux, dit-elle ; au lieu de retourner au village, dînons ici. Cette bonne femme a bien un quartier de mouton dans sa maisonnette ; d'ailleurs voilà des poules qu'on nous fera rôtir. Demandons si cela se peut ; pendant que le dîner se préparera, nous ferons un tour dans le bois. Qu'en pensez-vous ? Cela vaudra bien les antiques perdreaux du Cheval-Blanc.

La proposition fut acceptée ; la meunière voulait s'excuser, mais, éblouie par une pièce d'or que Gérard lui donna, elle se mit à l'œuvre aussitôt, et sacrifia sa basse-cour. Jamais dîner ne fut plus gai. Il se prolongea plus longtemps que les convives n'y avaient compté. Le soleil disparut bientôt derrière les belles collines de Saint-Leu ; d'épais nuages couvrirent la vallée, et une pluie battante commença à tomber.

– Qu'allons-nous devenir ? dit Gérard. Nous avons près de deux lieues à faire pour regagner Montmorency, et ce n'est pas là un orage d'été qu'on n'a qu'à laisser passer ; c'est une vraie pluie d'hiver, il y en a pour toute la nuit.

– Pourquoi cela ? dit Bernerette ; une pluie d'hiver passe comme une autre. Faisons une partie de cartes pour nous distraire ; quand la lune se lèvera, nous aurons beau temps.

La meunière, comme on peut penser, n'avait pas de cartes chez elle ; par conséquent, point de partie. Cécile, la maîtresse de Gérard, commençait à regretter l'auberge, et à trembler pour sa robe neuve. Il fallut mettre les chevaux à l'abri sous un hangar. Deux grands garçons d'assez mauvaise mine entrèrent dans la chambre ; c'étaient les fils de la meunière ; ils demandèrent à souper, peu satisfaits de trouver des étrangers. Gérard s'impatientait, Frédéric n'était pas de bonne humeur. Rien n'est plus triste que des gens qui viennent de rire, lorsqu'un contre-temps imprévu a détruit leur joie. Bernerette seule conservait la sienne, et ne semblait se soucier de rien.

– Puisque nous n'avons pas de cartes, dit-elle, je vais vous proposer un jeu. Quoique nous soyons en novembre, tâchons d'abord de trouver une mouche.

– Une mouche ! dit Gérard ; qu'en voulez-vous faire ?

– Cherchons toujours, nous verrons après.

Tout examiné, la mouche fut trouvée. La pauvre bête était engourdie par l'approche de l'hiver. Bernerette s'en saisit délicatement, et la posa au milieu de la table. Elle fit ensuite asseoir tout le monde.

– Maintenant, dit-elle, prenons chacun un morceau de sucre, et plaçons-le devant nous, sur cette table. Mettons chacun une pièce de monnaie dans une assiette ; ce sera l'enjeu. Que personne ne parle ni ne bouge. Laissez la mouche se réveiller ; la voilà déjà qui voltige ; elle va se poser sur un des morceaux de sucre, puis le quitter, aller à un autre, revenir, selon son caprice. Toutes les fois qu'un morceau de sucre l'aura attirée et fixée, celui à qui appartiendra le morceau prendra une pièce, jusqu'à ce que l'assiette soit vide, et alors nous recommencerons.

La plaisante idée de Bernerette ramena la gaieté. On suivit ses instructions ; deux ou trois autres mouches arrivèrent. Chacun, dans le plus religieux silence, les suivait des yeux, tandis qu'elles tournoyaient en l'air au-dessus de la table. Si l'une d'elles se posait sur le sucre, c'était un rire général. Une heure s'écoula ainsi, et la pluie avait cessé.

– Je ne puis souffrir une femme maussade, disait Gérard à son ami pendant le retour ; il faut avouer que la gaieté est un grand bien ; c'est peut-être le premier de tous, puisque avec lui on se passe des autres. Ta grisette a trouvé moyen de changer en plaisir une heure d'ennui, et cela seul me donne meilleure opinion d'elle que si elle avait fait un poème épique. Vos amours dureront-ils longtemps ?

– Je ne sais, répondit Frédéric, affectant la même légèreté que son compagnon ; si elle te plaît, tu peux lui faire la cour.

– Tu n'es pas franc, car tu l'aimes et elle t'aime.

– Oui, par caprice, comme autrefois.

– Prends garde à ces caprices-là.

– Suivez-nous donc, messieurs, cria Bernerette, qui galopait en avant avec Cécile. Elles s'arrêtèrent sur un plateau, et la cavalcade fit une halte. La lune se levait ; elle se dégageait lentement des massifs obscurs, et, à mesure qu'elle montait, les nuages semblaient fuir devant elle. Au-dessous du plateau s'étendait une vallée où le vent agitait sourdement une mer de sombre verdure ; le regard n'y distinguait rien, et à six lieues de Paris on aurait pu se croire devant un ravin de la Forêt-Noire. Tout à coup l'astre sortit de l'horizon ; un immense rayon de lumière glissa sur la cime des bois et s'empara de l'espace en un instant ; les hautes futaies, les coupes de châtaigniers, les clairières, les routes, les collines se dessinèrent au loin comme par enchantement. Les promeneurs se regardèrent, étonnés et joyeux de se voir.

– Allons, Bernerette, s'écria Frédéric, une chanson !

– Triste ou gaie ? demanda-t-elle.

– Comme tu voudras. Une chanson de chasse ! l'écho y répondra peut-être.

Bernerette rejeta son voile en arrière et entonna le refrain d'une fanfare ; mais elle s'arrêta tout à coup. La brillante étoile de Vénus, qui scintillait sur la montagne, avait frappé ses yeux ; et, comme sous le charme d'une pensée plus tendre, elle chanta sur un air allemand les vers suivants, qu'un passage d'Ossian avait inspirés à Frédéric :

Pâle étoile du soir, messagère lointaine,
Dont le front sort brillant des voiles du couchant,
De ton palais d'azur, au sein du firmament,
Que regardes-tu dans la plaine ?
La tempête s'éloigne et les vents sont calmés.
La forêt qui frémit pleure sur la bruyère.

Le phalène doré, dans sa course légère,
Traverse les prés embaumés.
Que cherches-tu sur la terre endormie ?
Mais déjà vers les monts je te vois t'abaisser.
Tu fuis en souriant, mélancolique amie,
Et ton tremblant regard est près de s'effacer.
Étoile qui descends sur la verte colline,
Triste larme d'argent du manteau de la nuit,
Toi que regarde au loin le pâtre qui chemine,
Tandis que pas à pas son long troupeau le suit ; –
Étoile, où t'en vas-tu dans cette nuit immense ?
Cherches-tu sur la rive un lit dans les roseaux ?
Où t'en vas-tu si belle, à l'heure du silence,
Tomber comme une perle au sein profond des eaux ?
Ah ! si tu dois mourir, bel astre, et si ta tête
Va dans la vaste mer plonger ses blonds cheveux,
Avant de nous quitter, un seul instant arrête : –
Étoile de l'amour, ne descends pas des cieux !

Tandis que Bernerette chantait, les rayons de la lune, tombant sur son visage, lui donnaient une pâleur charmante. Cécile et Gérard lui firent compliment de la fraîcheur et de la justesse de sa voix, et Frédéric l'embrassa tendrement.

On rentra à l'auberge et on soupa. Au dessert, Gérard, dont la tête s'était échauffée grâce à une bouteille de vin de Madère, devint si empressé et si galant, que Cécile lui chercha querelle ; ils se disputèrent avec assez d'aigreur, et, Cécile ayant quitté la table, Gérard la suivit de mauvaise humeur. Resté seul avec Bernerette, Frédéric lui demanda si elle s'était trompée sur la cause de cette dispute.

– Non, répondit-elle ; ce n'est pas de la poésie que ces choses-là, et tout le monde les comprend.

– Eh bien ! qu'en penses-tu ? Ce jeune homme a du goût pour toi ; sa maîtresse l'ennuie, et pour la lui faire quitter tu n'aurais, je crois, qu'à dire un mot.

– Que nous importe ! Es-tu jaloux ?

– Tout au contraire ; et tu sais bien que je n'ai pas le droit de l'être.

– Explique-toi ; que veux-tu dire ?

– Ma chère enfant, je veux dire que ni ma fortune ni mes occupations ne me permettent d'être ton amant. Ce n'est pas d'aujourd'hui que tu le sais, et je ne t'ai jamais trompée là-dessus. Si je voulais faire le grand seigneur avec toi, je me ruinerais sans te rendre heureuse ; ma pension me suffit à peine ; il faudra d'ailleurs, d'ici à peu de temps, que je retourne à Besançon. Sur ce sujet, tu le vois, je m'explique clairement, quoique ce soit bien à contre-cœur ; mais il y a de certaines choses sur lesquelles je ne puis m'expliquer ainsi : c'est à toi de réfléchir et de penser à l'avenir.

– C'est-à-dire que tu me conseilles de faire ma cour à ton ami.

– Non ; c'est lui qui te fait la sienne. Gérard est riche, et je ne le suis pas ; il vit à Paris, au centre de tous les plaisirs, et je ne suis destiné qu'à faire un avocat de province. Tu lui plais beaucoup, et c'est peut-être un bonheur pour toi.

Malgré sa tranquillité apparente, Frédéric était ému en parlant ainsi. Bernerette garda le silence et alla s'appuyer contre la croisée ; elle pleurait et s'efforçait de cacher ses larmes ; Frédéric s'en aperçut et s'approcha d'elle.

– Laissez-moi, lui dit-elle. Vous ne daigneriez pas être jaloux de moi, je le conçois, et j'en souffre sans me plaindre ; mais vous me parlez trop durement, mon ami ; vous me traitez tout à fait comme une fille, et vous me désolez sans raison.

Il avait été décidé qu'on passerait la nuit à l'auberge, et qu'on reviendrait à Paris le lendemain. Bernerette ôta le mouchoir qui entourait son cou, et, tout en s'essuyant les yeux, elle le noua autour de la tête de son amant. S'appuyant ensuite sur son épaule, elle l'attira doucement vers l'alcôve.

– Ah, méchant ! lui dit-elle en l'embrassant, il n'y a donc pas moyen que tu m'aimes ?

Frédéric la serra dans ses bras. Il songea à quoi il s'exposait en cédant à un mouvement d'attendrissement ; plus il était tenté de s'y livrer, plus il se défiait de lui-même. Il était prêt à dire qu'il aimait : cette dangereuse parole expira sur ses lèvres ; mais Bernerette la sentit dans son cœur, et ils s'endormirent tous deux contents, l'un de ne pas l'avoir prononcée, et l'autre de l'avoir comprise.

VI

Au retour, Frédéric, cette fois, reconduisit Bernerette chez elle. Il la trouva si pauvrement logée qu'il comprit aisément par quel motif elle avait d'abord refusé de se laisser ramener. Elle demeurait dans une maison garnie dont l'entrée était une allée obscure. Elle n'avait que deux petites chambres à peine meublées. Frédéric essaya de lui faire quelques questions sur la position fâcheuse où elle semblait réduite, mais elle n'y répondit qu'à peine.

Quelques jours après, il venait la voir et il entrait dans l'allée, lorsqu'un bruit étrange se fit entendre au haut de l'escalier. Des femmes criaient ; on appelait au secours, on menaçait, on parlait d'envoyer chercher la garde. Au milieu de ces voix confuses dominait celle d'un jeune homme que Frédéric aperçut bientôt. Il était pâle, couvert de vêtements déchirés, ivre à la fois de vin et de colère.

– Tu me le payeras, Louise ! cria-t-il en frappant sur la rampe, tu me le payeras ; je te retrouverai, et je saurai te faire obéir ou t'arracher d'ici. Je me soucie bien de ces menaces et de vos criailleries de femmes ! Comptez que dans peu vous me reverrez. Il descendit en parlant ainsi, et sortit furieux de la maison. Frédéric hésitait à monter, lorsqu'il vit Bernerette sur le palier. Elle lui expliqua la cause de cette scène. L'homme qui venait de s'en aller était son frère.

– Vous avez entendu ce triste nom de Louise, dit-elle en pleurant, et vous savez qu'il m'appartient pour mon malheur. Mon frère a été ce soir au cabaret, et quand il en sort, voilà comme il me traite, sous le prétexte que je refuse de lui donner de l'argent pour y retourner.

Au milieu de son désordre et de ses larmes, elle apprit à Frédéric ce qu'elle avait toujours tenté de lui cacher. Ses parents étaient menuisiers, fort pauvres, et, après l'avoir horriblement maltraitée durant son enfance, ils l'avaient vendue, dès l'âge de seize ans, à un homme qui n'était plus jeune. Cet homme, riche et généreux, lui avait fait donner quelque éducation ; mais bientôt il était mort, et, restée sans ressource, elle s'était engagée alors dans une troupe de comédiens de province. Son frère l'avait suivie de ville en ville dans ce nouvel état, la forçant à lui abandonner ce qu'elle gagnait, et l'accablant de coups et d'injures lorsqu'elle ne pouvait satisfaire à ses demandes. Ayant enfin atteint l'âge de dix-huit ans, elle avait trouvé moyen de se faire émanciper ; mais la protection même de la loi ne pouvait la garantir des visites de ce frère odieux qui l'épouvantait par des actes de violence et la déshonorait par sa conduite. Tel fut, en somme, à peu près le récit que la douleur arracha à Bernerette, récit dont Frédéric ne pouvait mettre la vérité en doute, d'après la manière dont elle lui était révélée.

Quand il n'aurait pas eu d'amour pour la pauvre fille, il se serait senti touché de pitié. Il s'informa de la demeure du frère ; quelques pièces d'or et un langage ferme accommodèrent les choses. La portière eut ordre de répondre que Bernerette avait changé de quartier, si le jeune homme se présentait de nouveau. Mais c'était faire bien peu que d'assurer ainsi la tranquillité d'une femme qui manquait de tout. Au lieu de payer ses propres dettes, Frédéric paya celles de Bernerette ; elle essaya en vain de l'en dissuader ; il ne voulut réfléchir ni à l'imprudence qu'il commettait, ni aux suites qu'elle pourrait avoir ; il se laissa entraîner par son cœur, et se jura, quoi qu'il pût arriver, de ne jamais se repentir de ce qu'il venait de faire.

Il fut pourtant bientôt forcé de s'en repentir ; car, pour satisfaire aux engagements qu'il avait pris, il lui fallut en contracter de nouveaux, plus difficiles et plus onéreux que les premiers. Il n'avait pas reçu de la nature ce caractère insouciant qui, en pareille circonstance, ôte du moins la crainte du mal à venir ; tout au contraire, des qualités qu'il avait perdues, la prévoyance lui restait seule ; il serait devenu sombre et taciturne, si l'on pouvait l'être à son âge. Ses amis remarquèrent ce changement ; il n'en voulut pas dire la cause ; pour tromper les autres sur son compte, il dissimula avec lui-même, et par faiblesse ou par nécessité laissa faire la destinée.

Il ne changea cependant pas de langage auprès de Bernerette ; il lui parlait toujours de son prochain départ ; mais, tout en parlant, il ne partait pas, et il allait chez elle tous les jours. Quand il eut l'habitude de l'escalier, il ne trouva plus l'allée si obscure ; les deux chambrettes, qui lui avaient semblé d'abord si tristes, lui parurent gaies ; le soleil y donnait le matin, et leur petite dimension les rendait plus chaudes ; on y trouva la place d'un piano de louage. Il y avait dans le voisinage un bon restaurant d'où l'on faisait apporter à dîner. Bernerette avait un talent que les femmes seules possèdent quelquefois, celui d'être à la fois étourdie et économe ; mais elle y joignait un mérite bien plus rare encore, celui d'être contente de tout, et d'avoir pour toute opinion l'envie de faire plaisir aux autres.

Il faut dire aussi ses défauts ; sans être paresseuse, elle vivait dans une oisiveté inconcevable. Après s'être acquittée avec une prestesse surprenante des soins de son petit ménage, elle passait la journée entière, les bras croisés, sur son canapé. Elle parlait de coudre et de broder comme Frédéric parlait de partir, c'est-à-dire qu'elle n'en faisait rien. Malheureusement bien des femmes sont ainsi, surtout dans une certaine classe qui aurait précisément besoin d'occupation plus que toute autre. Il y a à Paris telle fille née sans pain, qui n'a jamais tenu une aiguille, et qui se laisserait mourir de faim en se frottant les mains de pâte d'amandes.

Quand les plaisirs du carnaval commencèrent, Frédéric, qui courait les bals, arrivait à toute heure chez Bernerette, tantôt le matin au point du jour, tantôt au milieu de la nuit. Quelquefois, en sonnant à la porte, il se demandait, malgré lui, s'il allait la trouver seule ; et si un rival l'avait supplanté, aurait-il eu le droit de se plaindre ? Non sans doute, puisque, de son propre aveu, il refusait de s'arroger ce droit. Le dirai-je ? ce qu'il craignait, il le souhaitait presque en même temps. Il aurait eu alors le courage de partir, et l'infidélité de sa maîtresse l'aurait forcé de se séparer d'elle. Mais Bernerette était toujours seule ; assise au coin du feu pendant le jour, elle peignait ses longs cheveux qui lui tombaient sur les épaules ; s'il était nuit quand Frédéric sonnait, elle accourait à demi nue, les yeux fermés et le rire sur les lèvres ; elle se jetait à son cou encore endormie, rallumait le feu, tirait de l'armoire de quoi souper, toujours alerte et prévenante, ne demandant jamais d'où venait son amant. Qui aurait pu résister à une vie si douce, à un amour si rare et si facile ? Quels que fussent les soucis de la journée, Frédéric s'endormait heureux ; et pouvait-il s'éveiller triste lorsqu'il voyait sa joyeuse amie aller et venir par la chambre, préparant le bain et le déjeuner ?

S'il est vrai que de rares entrevues et des obstacles sans cesse renaissants rendent les passions plus vivaces et prêtent au plaisir l'intérêt de la curiosité, il faut avouer aussi qu'il y a un charme étrange, plus doux, plus dangereux peut-être, dans l'habitude de vivre avec ce qu'on aime. Cette habitude, dit-on, amène la satiété ; c'est possible, mais elle donne la confiance, l'oubli de soi-même, et lorsque l'amour y résiste, il est à l'abri de toute crainte. Les amants qui ne se voient qu'à de longs intervalles ne sont jamais sûrs de s'entendre ; ils se préparent à être heureux, ils veulent se convaincre mutuellement qu'ils le sont, et ils cherchent ce qui est introuvable, c'est-à-dire des mots pour exprimer ce qu'ils sentent. Ceux qui vivent ensemble n'ont besoin de rien exprimer : ils sentent en même temps, ils échangent des regards, ils se serrent la main en marchant ; ils connaissent seuls une jouissance délicieuse, la douce langueur des lendemains ; ils se reposent des transports de l'amour dans l'abandon de l'amitié : j'ai quelquefois pensé à ces liens charmants en voyant deux cygnes sur une eau limpide se laisser emporter au courant.

Si un mouvement de générosité avait entraîné d'abord Frédéric, ce fut l'attrait de cette vie nouvelle pour lui qui le captiva. Malheureusement pour l'auteur de ce conte, il n'y a qu'une plume comme celle de Bernardin de Saint-Pierre qui puisse donner de l'intérêt aux détails familiers d'un amour tranquille. Encore cet habile écrivain avait-il, pour embellir ses récits naïfs, les nuits ardentes de l'Ile-de-France, et les palmiers dont l'ombre frissonnait sur les bras nus de Virginie. C'est en présence de la plus riche nature qu'il nous peint ses héros ; dirai-je que les miens allaient tous les matins au tir du pistolet de Tivoli, de là chez leur ami Gérard, de là quelquefois dîner chez Véry, et ensuite au spectacle ? dirai-je que, lorsqu'ils étaient las, ils jouaient aux dames au coin du feu ? Qui voudrait lire des détails si vulgaires ? et à quoi bon, lorsqu'un mot suffit ? Ils s'aimaient, ils vivaient ensemble ; cela dura trois mois à peu près.

Au bout de ce temps, Frédéric se trouva dans une position si fâcheuse, qu'il annonça à son amie la nécessité où il était de se séparer d'elle. Elle s'y attendait depuis longtemps, et ne fit aucun effort pour le retenir ; elle savait qu'il avait fait pour elle tous les sacrifices possibles ; elle ne pouvait donc que se résigner, et lui cacher le chagrin qu'elle éprouvait. Ils dînèrent ensemble encore une fois. Frédéric glissa, en sortant, dans le manchon de Bernerette un petit papier qui renfermait tout ce qui lui restait. Elle le reconduisit chez lui, et garda le silence pendant la route. Quand le fiacre s'arrêta, elle baisa la main de son amant en répandant quelques larmes, et ils se séparèrent.

VII

Cependant Frédéric n'avait ni l'intention ni la possibilité de partir. D'une part les obligations qu'il avait contractées, d'une autre son stage, le retenaient à Paris. Il travailla avec ardeur pour chasser l'ennui qui le saisissait ; il cessa d'aller chez Gérard, s'enferma pendant un mois, et ne sortit plus que pour se rendre au Palais. Mais la solitude où il se trouvait tout à coup, après tant de dissipation, le plongea dans une mélancolie profonde. Il passait quelquefois des journées entières dans sa chambre à se promener de long en large, sans ouvrir un livre et ne sachant que faire. Le carnaval venait de finir ; aux neiges de février succédaient les pluies glaciales de mars. N'étant distrait ni par le plaisir ni par la société de ses amis, Frédéric se livra avec amertume à l'influence de ce triste moment de l'année qu'on nomme avec raison une saison morte.

Gérard vint le voir et lui demanda le motif d'une réclusion si subite. Il n'en fit point mystère ; mais il refusa les offres de service de son ami.

– Il est temps, lui dit-il, de rompre avec des habitudes qui ne peuvent que me conduire à ma perte. Il vaut mieux supporter quelque ennui que de s'exposer à des malheurs réels.

Il ne dissimula point le chagrin qu'il ressentait d'être séparé de Bernerette, et Gérard ne put que le plaindre et le féliciter en même temps de la détermination qu'il avait prise.

À la mi-carême, il alla au bal de l'Opéra. Il y trouva peu de monde. Ce dernier adieu aux plaisirs n'avait pas même la douceur d'un souvenir. L'orchestre, plus nombreux que le public, jouait dans le désert les contredanses de l'hiver. Quelques masques erraient dans le foyer ; à leur tournure et à leur langage, on s'apercevait que les femmes de bonne compagnie ne viennent plus à ces fêtes oubliées. Frédéric allait se retirer, lorsqu'un domino s'assit près de lui. Il reconnut Bernerette, et elle lui dit qu'elle n'était venue que dans l'espoir de le rencontrer. Il lui demanda ce qu'elle avait fait depuis qu'il ne l'avait vue ; elle lui répondit qu'elle avait l'espoir de rentrer au théâtre ; elle apprenait un rôle pour débuter. Frédéric fut tenté de l'emmener souper ; mais il pensa à la facilité avec laquelle il s'était laissé entraîner, à son retour de Besançon, par une occasion pareille ; il lui serra la main et sortit seul de la salle.

On a dit que le chagrin vaut mieux que l'ennui ; c'est un triste mot malheureusement vrai. Une âme bien née trouve contre le chagrin, quel qu'il soit, de l'énergie et du courage ; une grande douleur est souvent un grand bien. L'ennui, au contraire, ronge et détruit l'homme ; l'esprit s'engourdit, le corps reste immobile, et la pensée flotte au hasard. N'avoir plus de raison de vivre est un état pire que la mort. Quand la prudence, l'intérêt et la raison s'opposent à une passion, il est facile au premier venu de blâmer justement celui que cette passion entraîne. Les arguments abondent sur ces sortes de sujets, et, bon gré, mal gré, il faut qu'on s'y rende. Mais quand le sacrifice est fait, quand la raison et la prudence sont satisfaites, quel philosophe ou quel sophiste n'est au bout de ses arguments ? et que répondre à l'homme qui vous dit : – J'ai suivi vos conseil, mais j'ai tout perdu : j'ai agi sagement, mais je souffre ?

Telle était la situation de Frédéric. Bernerette lui écrivit deux fois. Dans sa première lettre, elle disait que la vie lui était devenue insupportable, elle le suppliait de venir la voir de temps en temps, et de ne pas l'abandonner entièrement. Il se défiait trop de lui-même pour se rendre à cette demande. La seconde lettre vint quelque temps après. « J'ai revu mes parents, disait Bernerette, et ils commencent à me traiter plus doucement. Un de mes oncles est mort, et nous a laissé quelque argent. Je me fais faire pour mon début des costumes qui vous plairont, et que je voudrais vous montrer. Entrez donc un instant chez moi, si vous passez devant ma porte. » Frédéric, cette fois, se laissa persuader. Il fit une visite à son amie ; mais rien de ce qu'elle lui avait annoncé n'était vrai. Elle n'avait voulu que le revoir. Il fut touché de cette persévérance ; mais il n'en sentit que plus tristement la nécessité d'y résister. Aux premières paroles qu'il prononça pour revenir sur ce sujet, Bernerette lui ferma la bouche.

– Je le sais, dit-elle, embrasse-moi, et va-t'en.

Gérard partait pour la campagne ; il y emmena Frédéric. Les premiers beaux jours, l'exercice du cheval, rendirent à celui-ci un peu de gaieté ; Gérard en avait fait autant que lui ; il avait, disait-il, renvoyé sa maîtresse : il voulait vivre en liberté. Les deux jeunes gens couraient les bois ensemble, et faisaient la cour à une jolie fermière d'un bourg voisin. Mais bientôt arrivèrent des invités de Paris ; la promenade fut quittée pour le jeu ; les dîners devinrent longs et bruyants ; Frédéric ne put supporter cette vie qui l'avait ébloui naguère, et il revint à sa solitude.

Il reçut une lettre de Besançon. Son père lui annonçait que mademoiselle Darcy venait à Paris avec sa famille. Elle arriva en effet dans le courant de la semaine ; Frédéric, bien qu'à contre-cœur, se présenta chez elle. Il la trouva telle qu'il l'avait laissée, fidèle à son amour secret, et prête à se servir de cette fidélité comme d'un moyen de coquetterie. Elle avoua toutefois qu'elle avait regretté quelques paroles un peu trop dures prononcées durant le dernier entretien à Besançon. Elle pria Frédéric de lui pardonner si elle avait paru douter de sa discrétion, et elle ajouta que, ne voulant pas se marier, elle lui offrait de nouveau son amitié, mais à tout jamais cette fois. Quand on n'est ni gai ni heureux, de telles offres sont toujours bienvenues ; le jeune homme la remercia donc et trouva quelque charme à passer de temps en temps ses soirées auprès d'elle.

Un certain besoin d'émotion pousse quelquefois les gens blasés à la recherche de l'extraordinaire. Il peut sembler surprenant qu'une femme aussi jeune que l'était mademoiselle Darcy eût ce bizarre et dangereux caractère ; il est cependant vrai qu'elle était ainsi. Il ne lui fut pas difficile d'obtenir la confiance de Frédéric et de lui faire raconter ses amours. Elle aurait peut-être pu le consoler, en se montrant seulement coquette auprès de lui, elle l'eût du moins distrait de ses peines ; mais il lui plut de faire le contraire. Au lieu de le blâmer de ses désordres, elle lui dit que l'amour excusait tout et que ses folies lui faisaient honneur ; au lieu de le confirmer dans sa résolution, elle lui répéta qu'elle ne concevait pas qu'il l'eût prise : Si j'étais homme, disait-elle, et si j'avais autant de liberté que vous, rien au monde ne pourrait me séparer de la femme que j'aimerais ; je m'exposerais de bon gré à tous les malheurs, à la misère, s'il le fallait, plutôt que de renoncer à ma maîtresse.

Un pareil langage était bien étrange dans la bouche d'une jeune personne qui ne connaissait de ce monde que l'intérieur de sa famille. Mais, par cette raison même, ce langage était plus frappant. Mademoiselle Darcy avait deux motifs pour jouer ce rôle, qui d'ailleurs lui plaisait. D'une part, elle voulait faire preuve d'un grand cœur et se donner pour romanesque ; d'un autre côté, elle témoignait par là que, loin de trouver mauvais que Frédéric l'eût oubliée, elle approuvait sa passion. Le pauvre garçon, pour la seconde fois, fut la dupe de ce manège féminin, et se laissa persuader par un enfant de dix-sept ans. – Vous avez raison, lui répondait-il ; après tout, la vie est si courte, et le bonheur est si rare ici-bas, qu'on est bien insensé de réfléchir et de s'attirer des chagrins volontaires, lorsqu'il y en a tant d'inévitables. Mademoiselle Darcy changeait alors de thème. – Votre Bernerette vous aime-t-elle ? demandait-elle d'un air de mépris. Ne me disiez-vous pas que c'est une grisette ? et quel compte peut-on faire de ces sortes de femmes ? Serait-elle digne de quelques sacrifices ? en sentirait-elle le prix ? – Je n'en sais rien, répliquait Frédéric, et je n'ai pas moi-même grand amour pour elle, ajoutait-il d'un ton léger ; je n'ai jamais songé, auprès d'elle, qu'à passer le temps agréablement. Je m'ennuie maintenant, voilà tout le mal. – Fi donc ! s'écriait mademoiselle Darcy ; qu'est-ce que c'est qu'une passion pareille !

Lancée sur ce sujet, la jeune personne s'exaltait ; elle en parlait comme s'il se fût agi d'elle-même, et son active imagination y trouvait de quoi s'exercer. – Est-ce donc aimer, disait-elle, que de chercher à passer le temps ? Si vous n'aimiez pas cette femme, qu'alliez-vous faire chez elle ? Si vous l'aimiez, pourquoi l'abandonnez-vous vous ? Elle souffre, elle pleure peut-être ; comment de misérables calculs d'argent peuvent-ils trouver place dans un noble cœur ? Êtes-vous donc aussi froid, aussi esclave de vos intérêts que mes parents l'ont été naguère, lorsqu'ils ont fait le malheur de ma vie ? Est-ce là le rôle d'un jeune homme, et n'en devriez-vous pas rougir ? Mais non, vous ne savez pas vous-même si vous souffrez, ni ce que vous regrettez ; la première venue vous consolerait ; votre esprit n'est que désœuvré. Ah ! ce n'est pas ainsi qu'on aime ! Je vous ai prédit, à Besançon, que vous sauriez un jour ce que c'est que l'amour, mais si vous n'avez pas plus de courage, je vous prédis aujourd'hui que vous ne le saurez jamais.

Frédéric revenait chez lui un soir, après un entretien de ce genre. Surpris par la pluie, il entra dans un café où il but un verre de punch. Lorsqu'un long ennui nous a serré le cœur, il suffit d'une légère excitation pour le faire battre, et il semble alors qu'il y ait en nous un vase trop plein qui déborde. Quand Frédéric sortit du café, il doubla le pas. Deux mois de solitude et de privations lui pesaient ; il éprouvait un besoin invincible de secouer le joug de sa raison et de respirer plus à l'aise. Il prit, sans réflexion, le chemin de la maison de Bernerette ; la pluie avait cessé ; il regarda, à la clarté de la lune, les fenêtres de son amie, la porte, la rue, qui lui étaient si familières. Il posa en tremblant sa main sur la sonnette, et, comme jadis, il se demanda s'il allait trouver dans la chambrette le feu couvert de cendres et le souper prêt. Au moment de sonner, il hésita.

— Mais quel mal y aurait-il, se dit-il à lui-même, quand je passerais là une heure, et quand je demanderais à Bernerette un souvenir de l'ancien amour ? Quel danger puis-je courir ? Ne serons-nous pas libres tous deux demain ? Puisque la nécessité nous sépare, pourquoi craindrais-je de la revoir un instant ?

Il était minuit ; il sonna doucement, et la porte s'ouvrit. Comme il montait l'escalier, la portière l'appela, et lui dit qu'il n'y avait personne. C'était la première fois qu'il lui arrivait de ne pas trouver Bernerette chez elle. Il pensa qu'elle était allée au spectacle et répondit qu'il attendrait, mais la portière s'y opposa. Après avoir hésité longtemps, elle lui avoua enfin que Bernerette était sortie de bonne heure, et qu'elle ne devait rentrer que le lendemain.

VIII

À quoi sert de jouer l'indifférent quand on aime, sinon à souffrir cruellement le jour où la vérité l'emporte ? Frédéric s'était juré tant de fois qu'il ne serait pas jaloux de Bernerette, il l'avait si souvent répété devant ses amis, qu'il avait fini par le croire lui-même. Il regagna son logis à pied, en sifflant une contredanse.

– Elle a un autre amant, se dit-il ; tant mieux pour elle ; c'est ce que je souhaitais. Désormais me voilà tranquille.

Mais à peine fut-il arrivé chez lui qu'il sentit une faiblesse mortelle. Il s'assit, posa son front dans ses mains comme pour y comprimer sa pensée. Après une lutte inutile, la nature fut la plus forte ; il se leva le visage baigné de larmes, et il trouva quelque soulagement à s'avouer ce qu'il éprouvait.

Une langueur extrême succéda à cette violente secousse. La solitude lui devint intolérable, et pendant plusieurs jours il passa son temps en visites, en courses sans but. Tantôt il essayait de ressaisir l'insouciance qu'il avait affectée ; tantôt il s'abandonnait à une colère aveugle, à des projets de vengeance. Le dégoût de la vie s'emparait de lui. Il se souvenait de la triste circonstance qui avait accompagné son amour naissant ; ce funeste exemple était devant ses yeux.

– Je commence à le comprendre, disait-il à Gérard ; je ne m'étonne plus qu'on désire la mort en pareil cas. Ce n'est pas pour une femme qu'on se tue, c'est parce qu'il est inutile et impossible de vivre quand on souffre à ce point, quelle qu'en soit la cause.

Gérard connaissait trop bien son ami pour douter de son désespoir, et il l'aimait trop pour l'y abandonner. Il trouva moyen, par des protections puissantes dont il n'avait jamais usé pour lui-même, de faire attacher Frédéric à une ambassade. Il se présenta un matin chez lui avec un ordre de départ du ministre des affaires étrangères.

– Les voyages, lui dit-il, sont le meilleur, le seul remède contre le chagrin. Pour te décider à quitter Paris, je me suis fait solliciteur, et, grâce à Dieu, j'ai réussi. Si tu as du courage, tu partiras sur-le-champ pour Berne, où le ministre t'envoie.

Frédéric n'hésita pas. Il remercia son ami, et s'occupa aussitôt de mettre ses affaires en ordre. Il écrivit à son père pour lui apprendre Ses nouveaux projets, et lui demanda son autorisation. La réponse fut favorable. Au bout de quinze jours, les dettes étaient payées ; rien ne s'opposait plus au départ de Frédéric, et il alla chercher son passe-port.

Mademoiselle Darcy lui fit mille questions, mais il n'y voulait plus répondre. Tant qu'il n'avait pas vu clair dans son propre cœur, il s'était prêté par faiblesse à la curiosité de sa jeune confidente ; mais la souffrance était maintenant trop vraie pour qu'il consentît à en faire un jeu, et, en s'apercevant du danger de sa passion, il avait compris combien l'intérêt qu'y prenait mademoiselle Darcy était frivole. Il fit donc ce que font tous les hommes en pareil cas. Pour aider lui-même à sa guérison, il prétendit qu'il était guéri ; qu'une amourette avait pu l'étourdir, mais qu'il était d'un âge à penser à des choses plus sérieuses. Mademoiselle Darcy, comme on peut croire, n'approuva pas de pareils sentiments ; elle ne voyait de sérieux en ce monde que l'amour ; le reste lui semblait méprisable. Tels étaient du moins ses discours. Frédéric la laissa parler, et convint de bonne grâce avec elle qu'il ne saurait jamais aimer. Son cœur lui disait assez le contraire, et, en se donnant pour inconstant, il aurait voulu ne pas mentir.

Moins il se sentait de courage, plus il se hâtait de partir. Il ne pouvait cependant se défendre d'une pensée qui l'obsédait. Quel était le nouvel amant de Bernerette ? Que faisait-elle ? Devait-il tenter de la revoir encore une fois ? Gérard n'était pas de cet avis ; il avait pour principe de ne rien faire à demi. Du moment que Frédéric était décidé à s'éloigner, il lui conseillait de tout oublier. – Que veux-tu savoir ? lui disait-il ; ou Bernerette ne te dira rien, ou elle altérera la vérité. Puisqu'il est prouvé qu'un autre amour l'occupe, à quoi bon le lui faire avouer ? Une femme n'est jamais sincère sur ce sujet avec un ancien amant, même lorsque tout rapprochement est impossible. Qu'espères-tu d'ailleurs ? elle ne t'aime plus.

C'était à dessein et pour rendre à son ami un peu de force, que Gérard s'exprimait en termes aussi durs. Je laisse à ceux qui ont aimé à juger l'effet qu'ils pouvaient produire. Mais bien des gens ont aimé qui ne le savent pas. Les liens de ce monde, même les plus forts, se dénouent la plupart du temps ; quelques-uns seulement se brisent. Ceux dont l'absence, l'ennui, la satiété, ont affaibli peu à peu les amours, ne peuvent se figurer ce qu'ils eussent éprouvé si un coup subit les avait frappés. Le cœur le plus froid saigne et s'ouvre à ce coup ; qui y reste insensible n'est pas homme. De toutes les blessures que la mort nous fait ici-bas avant de nous abattre, c'est la plus profonde. Il faut avoir regardé avec des yeux pleins de larmes le sourire d'une maîtresse infidèle, pour comprendre ces mots : Elle ne t'aime plus ! Il faut avoir longtemps pleuré pour s'en souvenir ; c'est une triste expérience. Si je voulais tenter d'en donner une idée à ceux qui l'ignorent, je leur dirais que je ne sais pas lequel est le plus cruel de perdre tout à coup la femme qu'on aime, par son inconstance ou par sa mort.

Frédéric ne pouvait rien répondre aux sévères conseils de Gérard ; mais un instinct plus fort que la raison luttait en lui contre ces conseils. Il prit une autre voie pour parvenir à son but ; sans se rendre compte de ce qu'il voulait, ni de ce qui en pourrait advenir, il chercha un moyen d'avoir à tout prix des nouvelles de son amie. Il portait une bague assez belle, que Bernerette avait souvent regardée d'un œil d'envie. Malgré tout son amour pour elle, il n'avait jamais pu se décider à lui donner ce bijou, qu'il tenait de son père. Il le remit à Gérard, en lui disant qu'il appartenait à Bernerette, et il le pria de se charger de lui remettre cette bague, qu'elle avait, disait-il, oubliée chez lui. Gérard se chargea volontiers de la commission, mais il ne se pressait pas de s'en acquitter. Frédéric insista ; il fallut céder.

Les deux amis sortirent un matin ensemble, et, tandis que Gérard allait chez Bernerette, Frédéric l'attendit aux Tuileries. Il se mêla assez tristement à la foule des promeneurs. Ce n'était pas sans regret qu'il se séparait d'une relique de famille qui lui était chère ; et quel bien en espérait-il ? qu'apprendrait-il qui pût le consoler ? Gérard allait voir Bernerette, et si quelque parole, quelques larmes échappaient à celle-ci, ne croirait-il pas nécessaire de n'en rien témoigner ? Frédéric regardait la grille du jardin, et s'attendait à tout moment à voir revenir son ami d'un air indifférent. Qu'importe ? Il aurait vu Bernerette ; il était impossible qu'il n'eût rien à dire ; qui sait ce que le hasard peut faire ? Il aurait peut-être appris, bien des choses dans cette visite. Plus Gérard tardait à paraître, et plus Frédéric espérait.

Cependant le ciel était sans nuages ; les arbres commençaient à se couvrir de verdure. Il y a un arbre aux Tuileries qu'on appelle l'arbre du 20 mars. C'est un marronnier qui, dit-on, était en fleur le jour de la naissance du roi de Rome, et qui, tous les ans, fleurit à la même époque. Frédéric s'était assis bien des fois sous cet arbre ; il y retourna, par habitude, en rêvant. Le marronnier était fidèle a sa poétique renommée ; ses branches répandaient les premiers parfums de l'année. Des femmes, des enfants, des jeunes gens allaient et venaient. La gaieté du printemps respirait sur tous les visages. Frédéric réfléchissait à l'avenir, à son voyage, au pays qu'il allait voir ; une inquiétude mêlée d'espérance l'agitait malgré lui ; tout ce qui l'entourait semblait l'appeler à une existence nouvelle. Il pensa à son père, dont il était l'orgueil et l'appui, dont il n'avait reçu, depuis qu'il était au monde, que des marques de tendresse. Peu à peu des idées plus douces, plus saines, prirent le dessus dans son esprit. La multitude qui se croisait devant lui le fit songer à la variété et à l'inconstance des choses. N'est-ce pas, en effet, un spectacle étrange que celui de la foule, quand on réfléchit que chaque être a sa destinée ? Y a-t-il rien qui doive nous donner une idée plus juste de ce que nous valons, et de ce que nous sommes aux yeux de la Providence ? Il faut vivre, pensa Frédéric, il faut obéir au suprême guide. Il faut marcher même quand on souffre, car nul ne sait où il va. Je suis libre et bien jeune encore ; il faut prendre courage et se résigner.

Comme il était plongé dans ces pensées, Gérard parut et accourut vers lui. Il était pâle et très ému.

– Mon ami, lui dit-il, il faut y aller. Vite, ne perdons pas de temps.

– Où me mènes-tu ?

– Chez elle. Je t'ai conseillé ce que j'ai cru juste ; mais il y a telle occasion où le calcul est en défaut, et la prudence hors de saison.

– Que se passe-t-il donc ? s'écria Frédéric.

– Tu vas le savoir ; viens, courons.

Ils allèrent ensemble chez Bernerette.

– Monte seul, dit Gérard, je reviens dans un instant ; – et il s'éloigna.

Frédéric entra. La clef était à la porte, les volets étaient fermés.

– Bernerette, dit-il, où êtes-vous ?

Point de réponse.

Il s'avança dans les ténèbres, et, à la lueur d'un feu à demi éteint, il aperçut son amie assise à terre près de la cheminée.

– Qu'avez-vous ? demanda-t-il, qu'est-il arrivé ?

Même silence.

Il s'approcha d'elle, lui prit la main.

– Levez-vous, lui dit-il ; que faites-vous là ?

Mais à peine avait-il prononcé ces mots, qu'il recula d'horreur. La main qu'il tenait était glacée et un corps inanimé venait de rouler à ses pieds.

Épouvanté, il appela au secours. Gérard entrait, suivi d'un médecin. On ouvrit la fenêtre ; on porta Bernerette sur son lit. Le médecin l'examina, secoua la tête, et donna des ordres. Les symptômes n'étaient pas douteux, la pauvre fille avait pris du poison ; mais quel poison ? Le médecin l'ignorait, et cherchait en vain à le deviner. Il commença par saigner la malade ; Frédéric la soutenait dans ses bras ; elle ouvrit les yeux, le reconnut et l'embrassa, puis elle retomba dans sa léthargie. Le soir, on lui fit prendre une tasse de café ; elle revint à elle comme si elle se fût éveillée d'un songe. On lui demanda alors quel était le poison dont elle s'était servie ; elle refusa d'abord de le dire ; mais, pressée par le médecin, elle l'avoua. Un flambeau de cuivre, placé sur la cheminée, portait les marques de plusieurs coups de lime ; elle avait eu recours à cet affreux moyen pour augmenter l'effet d'une faible dose d'opium, le pharmacien auquel elle s'était adressée ayant refusé d'en donner davantage.

IX

Ce ne fut qu'au bout de quinze jours qu'elle fut entièrement hors de danger. Elle commença à se lever et à prendre quelque nourriture ; mais sa santé était détruite, et le médecin déclara qu'elle souffrirait toute sa vie.

Frédéric ne l'avait pas quittée. Il ignorait encore le motif qui lui avait fait chercher la mort, et il s'étonnait que personne au monde ne s'inquiétât d'elle. Depuis quinze jours, en effet, il n'avait vu venir chez elle ni un parent ni un étranger. Se pouvait-il que son nouvel amant l'abandonnât dans une pareille circonstance ? Cet abandon était-il la cause du désespoir de Bernerette ? Ces deux suppositions paraissaient également incroyables à Frédéric, et son amie lui avait fait comprendre qu'elle ne s'expliquerait pas sur ce sujet. Il restait donc dans un doute cruel, troublé par une jalousie secrète, retenu par l'amour et par la pitié.

Au milieu de ses douleurs, Bernerette lui témoignait la plus vive tendresse. Pleine de reconnaissance pour les soins qu'il lui prodiguait, elle était, près de lui, plus gaie que jamais, mais d'une gaieté mélancolique, et, pour ainsi dire, voilée par la souffrance. Elle faisait tous ses efforts pour le distraire, et pour lui persuader de ne pas la laisser seule. S'il s'éloignait, elle lui demandait à quelle heure il reviendrait. Elle voulait qu'il dînât à son chevet, et s'endormir en lui tenant la main. Elle lui faisait, pour le divertir, mille contes sur sa vie passée ; mais, dès qu'il s'agissait du présent et de sa funeste action, elle restait muette. Aucune question, aucune prière de Frédéric n'obtenait de réponse. S'il insistait, elle devenait sombre et chagrine. Elle était un soir au lit ; on venait de la saigner de nouveau, et il sortait encore un peu de sang de la blessure mal fermée. Elle regardait en souriant couler une larme de pourpre sur son bras aussi blanc que le marbre.

– M'aimes-tu encore ? dit-elle à Frédéric ; est-ce que toutes ces horreurs ne te dégoûtent pas de moi ?

– Je t'aime, répondit-il, et rien ne nous séparera maintenant.

– Est-ce vrai ? reprit-elle en l'embrassant ; ne me trompez pas ; dites-moi si c'est un rêve.

– Non, ce n'est pas un rêve, non, ma belle et chère maîtresse ; vivons tranquilles, soyons heureux.

– Hélas ! nous ne pouvons pas, nous ne pouvons pas ! s'écria-t-elle avec angoisse. Puis elle ajouta à voix basse : Et si nous ne pouvons pas, c'est à recommencer.

Quoiqu'elle n'eût fait que murmurer ces dernières paroles, Frédéric les avait entendues, et il en avait frissonné. Il les répéta le lendemain à Gérard.

– Mon parti est pris, lui dit-il ; je ne sais ce que mon père en dira, mais je l'aime, et, quoi qu'il arrive, je ne la laisserai pas mourir.

Il prit, en effet, un parti dangereux, mais le seul qui s'offrît à lui. Il écrivit à son père, et lui confia l'histoire de ses amours. Il oublia dans sa lettre l'infidélité de Bernerette ; il ne parla que de sa beauté, de sa constance, de la douce opiniâtreté qu'elle avait mise à le revoir ; enfin de l'horrible tentative qu'elle venait de faire sur elle-même. Le père de Frédéric, vieillard septuagénaire, aimait son fils unique plus que sa propre vie. Il accourut en toute hâte à Paris, accompagné de mademoiselle Hombert, sa sœur, vieille demoiselle fort dévote. Malheureusement ni le digne homme ni la bonne tante n'avaient pour vertu la discrétion, en sorte que, dès leur arrivée, toutes leurs connaissances surent que Frédéric était amoureux fou d'une grisette qui s'était empoisonnée pour lui. On ajouta bientôt qu'il voulait l'épouser ; les malveillants crièrent au scandale, au déshonneur de la famille ; sous prétexte de défendre la cause du jeune homme, mademoiselle Darcy raconta tout ce qu'elle savait, avec les détails les plus romanesques. Bref, en voulant conjurer l'orage, Frédéric le vit fondre sur sa tête de tous côtés.

Il eut d'abord à comparaître devant les parents et les amis rassemblés, et à y subir une sorte d'interrogatoire : non qu'il fût traité en coupable, on lui témoignait au contraire toute l'indulgence possible ; mais il lui fallut mettre son cœur à nu et entendre discuter ses secrets les plus chers ; il est inutile de dire que l'on ne put rien décider. M. Hombert voulut voir Bernerette ; il alla chez elle, lui parla longtemps, et lui fit mille questions auxquelles elle sut répondre avec une grâce et une naïveté qui touchèrent le vieillard. Il avait eu, comme tout le monde, ses amourettes de jeunesse. Il sortit de cet entretien fort troublé et fort inquiet. Il fit venir son fils, et lui dit qu'il était décidé à faire un petit sacrifice en faveur de Bernerette, si elle promettait, quand elle serait rétablie, d'apprendre un métier. Frédéric transmit cette proposition à son amie.

– Et toi, que feras-tu ? lui dit-elle ; comptes-tu rester ou partir ?

Il répondit qu'il resterait ; mais ce n'était pas l'avis de la famille. Sur ce point, M. Hombert fut intraitable. Il représenta à son fils le danger, la honte, l'impossibilité d'une liaison pareille ; il lui fit sentir, en termes bienveillants et mesurés, qu'il se perdait de réputation, qu'il ruinait son avenir. Après l'avoir forcé de réfléchir, il employa l'irrésistible argument qui fait la toute-puissance paternelle : il supplia son fils ; celui-ci promit ce qu'on voulut. Tant de secousses, tant d'intérêts divers l'avaient agité, qu'il ne savait plus à quoi se résoudre, et, voyant le malheur de tous les côtés, il n'osait ni lutter ni choisir. Gérard lui-même, ordinairement ferme, cherchait vainement quelque moyen de salut, et se voyait obligé de dire qu'il fallait laisser faire le destin.

Deux événements inattendus changèrent tout à coup les choses. Frédéric était seul, un soir, dans sa chambre ; il vit entrer Bernerette. Elle était pâle, les cheveux en désordre ; une fièvre ardente faisait briller ses yeux d'un éclat effrayant ; contre l'ordinaire, sa parole était brève, impérieuse. Elle venait, disait-elle, sommer Frédéric de s'expliquer.

– Vous voulez me tuer ? lui demanda-t-elle. M'aimez-vous ou ne m'aimez-vous pas ? Êtes-vous un enfant ? Avez-vous besoin des autres pour agir ? Êtes-vous fou de consulter votre père pour savoir s'il faut garder votre maîtresse ? Qu'est-ce que ces gens-là désirent ? Nous séparer. Si vous le voulez comme eux, vous n'avez que faire de leur avis, et si vous ne le voulez pas, encore moins. Voulez-vous partir ? Emmenez-moi. Je n'apprendrai jamais un métier ; je ne veux pas rentrer au théâtre. Comment le pourrais-je, faite comme je suis ? je souffre trop pour attendre ; décidez-vous.

Elle parla sur ce ton pendant près d'une heure, interrompant Frédéric dès qu'il voulait répondre. Il tenta en vain de l'apaiser. Une exaltation aussi violente ne pouvait céder à aucun raisonnement. Enfin, épuisée de fatigue, Bernerette fondit en larmes. Le jeune homme la serra dans ses bras ; il ne pouvait résister à tant d'amour. Il porta sa maîtresse sur son lit.

– Reste là, lui dit-il, et que le ciel m'écrase si je t'en laisse arracher ! Je ne veux plus rien entendre, rien voir, si ce n'est toi. Tu me reproches ma lâcheté, et tu as raison ; mais j'agirai, tu le verras. Si mon père me repousse, tu me suivras ; puisque Dieu m'a fait pauvre, nous vivrons pauvrement. Je ne me soucie ni de mon nom, ni de ma famille, ni de l'avenir.

Ces mots, prononcés avec toute l'ardeur de la conviction, consolèrent Bernerette. Elle pria son ami de la reconduire chez elle à pied ; malgré sa lassitude, elle voulait prendre l'air. Ils convinrent, pendant la route, du plan qu'ils avaient à suivre. Frédéric feindrait de se soumettre aux désirs de son père ; mais il lui représenterait qu'avec peu de fortune il n'est pas possible de se hasarder dans la carrière diplomatique. Il demanderait donc à achever son stage ; M. Hombert céderait vraisemblablement, à la condition que son fils oublierait ses folles amours. Bernerette, de son côté, changerait de quartier ; on la croirait partie. Elle louerait une petite chambre dans la rue de la Harpe, ou aux environs ; là, elle vivrait avec tant d'économie, que la pension de Frédéric suffirait pour tous deux. Dès que son père serait retourné à Besançon, il viendrait la rejoindre et demeurer avec elle. Pour le reste, Dieu y pourvoirait. Tel fut le projet auquel les pauvres amants s'arrêtèrent, et dont ils crurent le succès infaillible, comme il arrive toujours en pareil cas.

Deux jours après, Frédéric, après une nuit sans sommeil, se rendit chez son amie dès six heures du matin. Un entretien qu'il avait eu avec son père le troublait ; on exigeait qu'il partît pour Berne ; il venait embrasser Bernerette pour retrouver près d'elle son courage affaibli. La chambre était déserte, le lit était vide. Il questionna la portière, et apprit, à n'en pouvoir douter, qu'il avait un rival et qu'on le trompait. Il sentit cette fois moins de douleur que d'indignation. La trahison était trop forte pour que le mépris ne vînt pas prendre la place de l'amour. Rentré chez lui, il écrivit une longue lettre à Bernerette pour l'accabler des reproches les plus amers. Mais il déchira cette lettre au moment de l'envoyer ; une si misérable créature ne lui parut pas digne de sa colère. Il résolut de partir le plus tôt possible ; une place était vacante pour le lendemain à la malle-poste de Strasbourg ; il la retint, et courut prévenir son père ; toute la famille le félicita ; on ne lui demanda pas, bien entendu, par quel hasard il obéissait si vite. Gérard seul sut la vérité. Mademoiselle Darcy déclara que c'était une pitié, et que les hommes manqueraient toujours de cœur. Mademoiselle Hombert augmenta de ses épargnes la petite somme qu'emportait son neveu. Un dîner d'adieu réunit toute la famille, et Frédéric partit pour la Suisse.

X

Les plaisirs et les fatigues du voyage, l'attrait du changement, les occupations de sa nouvelle carrière, rendirent bientôt le calme à son esprit. Il ne pensait plus qu'avec horreur à la fatale passion qui avait failli le perdre. Il trouva à l'ambassade l'accueil le plus gracieux : il était bien recommandé ; sa figure prévenait en sa faveur ; une modestie naturelle donnait plus de prix à ses talents, sans leur ôter leur relief ; il occupa bientôt dans le monde une place honorable et le plus riant avenir s'ouvrit devant lui.

Bernerette lui écrivit plusieurs fois. Elle lui demandait gaiement s'il était parti pour tout de bon, et s'il comptait bientôt revenir. Il s'abstint d'abord de répondre ; mais, comme les lettres continuaient et devenaient de plus en plus pressantes, il perdit enfin patience. Il répondit et déchargea son cœur. Il demanda à Bernerette, dans les termes les plus amers, si elle avait oublié sa double trahison, et il la pria de lui épargner à l'avenir de feintes protestations dont il ne pouvait plus être la dupe. Il ajouta que, du reste, il bénissait la Providence de l'avoir éclairé à temps ; que sa résolution était irrévocable, et qu'il ne reverrait probablement la France qu'après un long séjour à l'étranger. Cette lettre partie, il se sentit plus à l'aise et entièrement délivré du passé. Bernerette cessa de lui écrire depuis ce moment, et il n'entendit plus parler d'elle.

Une famille anglaise assez riche habitait une jolie maison aux environs de Berne. Frédéric y fut présenté ; trois jeunes personnes, dont la plus âgée n'avait que vingt ans, faisaient les honneurs de la maison. L'aînée était d'une beauté remarquable ; elle s'aperçut bientôt de la vive impression qu'elle produisait sur le jeune attaché, et ne s'y montra pas insensible. Il n'était pourtant pas encore assez bien guéri pour se livrer à un nouvel amour. Mais, après tant d'agitations et de chagrins, il éprouvait le besoin d'ouvrir son cœur à un sentiment calme et pur. La belle Fanny ne devint pas sa confidente, comme l'avait été mademoiselle Darcy ; mais, sans qu'il lui fît le récit de ses peines, elle devina qu'il venait de souffrir, et comme le regard de ses yeux bleus semblait consoler Frédéric, elle les tournait souvent de son côté.

La bienveillance mène à la sympathie, et la sympathie à l'amour. Au bout de trois mois l'amour n'était pas venu, mais il était bien près de venir. Un homme d'un caractère aussi tendre et aussi expansif que Frédéric ne pouvait être constant qu'à la condition d'être confiant. Gérard avait eu raison de lui dire autrefois qu'il aimerait Bernerette plus longtemps qu'il ne le croyait ; mais il eût fallu pour cela que Bernerette l'aimât aussi, du moins en apparence. En révoltant les cœurs faibles, on met leur existence en question ; il faut qu'ils se brisent ou qu'ils oublient, car ils n'ont pas la force d'être fidèles à un souvenir dont ils souffrent. Frédéric s'habitua donc de jour en jour à ne plus vivre que pour Fanny ; il fut bientôt question de mariage. Le jeune homme n'avait pas grande fortune, mais sa position était faite, ses protections puissantes ; l'amour, qui lève tout obstacle, plaidait pour lui ; il fut décidé qu'on demanderait une faveur à la cour de France, et que Frédéric, nommé second secrétaire, deviendrait l'époux de Fanny.

Cet heureux jour arriva enfin ; les nouveaux mariés venaient de se lever, et Frédéric, dans l'ivresse du bonheur, tenait sa femme entre ses bras. Il était assis près de la cheminée ; un pétillement du feu et un jet de flamme le firent tressaillir. Par un bizarre effet de la mémoire, il se souvint tout à coup du jour où pour la première fois il s'était trouvé ainsi, avec Bernerette, près de la cheminée d'une petite chambre. Je laisse à commenter ce hasard étrange à ceux dont l'imagination se plaît à admettre que l'homme pressent la destinée. Ce fut en ce moment qu'on remit à Frédéric une lettre timbrée de Paris, qui lui annonçait la mort de Bernerette. Je n'ai pas besoin de peindre son étonnement et sa douleur ; je dois me contenter de mettre sous les yeux du lecteur l'adieu de la pauvre fille à son ami ; on y trouvera l'explication de sa conduite en quelques lignes, écrites de ce style à moitié gai et à moitié triste qui lui était particulier.

« Hélas ! Frédéric, vous saviez bien que c'était un rêve. Nous ne pouvions pas vivre tranquillement et être heureux. J'ai voulu m'en aller d'ici ; j'ai reçu la visite d'un jeune homme dont j'avais fait la connaissance en province, du temps de ma gloire ; il était fou de moi à Bordeaux. Je ne sais où il avait appris mon adresse ; il est venu et s'est jeté à mes pieds, comme si j'étais encore une reine de théâtre. Il m'offrait sa fortune qui n'est pas grand chose, et son cœur qui n'est rien du tout. C'était le lendemain, ami, souviens-t'en ! tu m'avais quittée en me répétant que tu partais. Je n'étais pas trop gaie, mon cher, et je ne savais trop où aller dîner. Je me suis laissé emmener ; malheureusement, je n'ai pas pu y tenir : j'avais fait porter mes pantoufles chez lui ; je les ai envoyé redemander, et je me suis décidée à mourir.

« Oui, mon pauvre bon, j'ai voulu te laisser là. Je ne pourrais pas vivre en apprentissage. Cependant la seconde fois j'étais décidée. Mais ton père est revenu chez moi : voilà ce que tu n'as pas su. Que voulais-tu que je lui disse ? J'ai promis de t'oublier ; je suis retournée chez mon adorateur. Ah ! que je me suis ennuyée ! Est-ce ma faute si tous les hommes me semblent laids et bêtes depuis que je t'aime ? Je ne peux pourtant pas vivre de l'air du temps. Qu'est-ce que tu veux que j'y fasse ?

« Je ne me tue pas, mon ami, je m'achève ; ce n'est pas un grand meurtre que je fais. Ma santé est déplorable, à jamais perdue. Tout cela ne serait rien sans l'ennui. On dit que tu te maries : est-elle belle ? Adieu, adieu. Souviens-toi, quand il fera beau temps, du jour où tu arrosais tes fleurs. Ah ! comme je t'ai aimé vite ! En te voyant, c'était un soubresaut en moi, une pâleur qui me prenait. J'ai été bien heureuse avec toi. Adieu.

« Si ton père l'avait voulu, nous ne nous serions jamais quittés ; mais tu n'avais point d'argent, voilà le malheur, et moi non plus. Quand j'aurais été chez une lingère, je n'y serais pas restée ; ainsi, que veux-tu ? Voilà maintenant deux essais que je fais de recommencer : rien ne me réussit.

« Je t'assure que ce n'est pas par folie que je veux mourir : j'ai toute ma raison. Mes parents (que Dieu leur pardonne !) sont encore revenus. Si tu savais ce qu'on veut faire de moi ! C'est trop dégoûtant d'être un jouet de misère et de se voir tirailler ainsi. Quand nous nous sommes aimés autrefois, si nous avions eu plus d'économie, cela aurait mieux été. Mais tu voulais aller au spectacle et nous amuser. Nous avons passé de bonnes soirées à la Chaumière.

« Adieu, mon cher, pour la dernière fois, adieu. Si je me portais mieux, je serais rentrée au théâtre ; mais je n'ai plus que le souffle. Ne te fais jamais reproche de ma mort ; je sens bien que, si tu avais pu, rien de tout cela ne serait arrivé ; je le sentais, moi, et je n'osais pas le dire ; j'ai vu tout se préparer, mais je ne voulais pas te tourmenter.

« C'est par une triste nuit que je t'écris, plus triste, sois-en sûr, que celle où tu es venu sonner et où tu m'as trouvée sortie. Je ne t'avais jamais cru jaloux ; quand j'ai su que tu étais en colère, cela m'a fait peine et plaisir. Pourquoi ne m'as-tu pas attendue d'autorité ? Tu aurais vu la mine que j'avais en rentrant de ma bonne fortune ; mais c'est égal, tu m'aimais plus que tu ne le disais.

« Je voudrais finir, et je ne peux pas. Je m'attache à ce papier comme à un reste de vie ; je serre mes lignes ; je voudrais rassembler tout ce que j'ai de force et te l'envoyer. Non, tu n'as pas connu mon cœur. Tu m'as aimée parce que tu es bon ; c'était par pitié que tu venais, et aussi un peu pour ton plaisir. Si j'avais été riche, tu ne m'aurais pas quittée : voilà ce que je me dis ; c'est la seule chose qui me donne du courage. Adieu.

« Puisse mon père ne pas se repentir du mal dont il a été cause ! Maintenant, je le sens, que ne donnerais-je pas pour savoir quelque chose, pour avoir un gagne-pain dans les mains ! Il est trop tard. Si, quand on est enfant, on pouvait voir sa vie dans un miroir, je ne finirais pas ainsi ; tu m'aimerais encore ; mais peut-être que non, puisque tu vas te marier.

« Comment as-tu pu m'écrire une lettre aussi dure ? Puisque ton père l'exigeait et puisque tu allais partir, je ne croyais pas mal faire en essayant de prendre un autre amant. Jamais je n'ai rien éprouvé de pareil et jamais je n'ai rien vu de si drôle que sa figure quand je lui ai déclaré que je retournais chez moi.

« Ta lettre m'a désolée ; je suis restée au coin de mon feu pendant deux jours, sans pouvoir dire un mot ni bouger. Je suis née bien malheureuse, mon ami. Tu ne saurais croire comme le bon Dieu m'a traitée depuis une pauvre vingtaine d'années que j'existe : c'est comme une gageure. Enfant, on me battait, et quand je pleurais, on m'envoyait dehors. – Va voir s'il pleut, disait mon père. Quand j'avais douze ans, on me faisait raboter des planches ; et quand je suis devenue femme, m'a-t-on assez persécutée ! Ma vie s'est passée à tâcher de vivre, et finalement à voir qu'il faut mourir.

« Que Dieu te bénisse, toi qui m'as donné mes seuls, seuls jours heureux ! J'ai respiré là une bonne bouffée d'air ; que Dieu te la rende ! Puisses-tu être heureux, libre, ô ami ! Puisses-tu être aimé comme t'aime ta mourante, ta pauvre Bernerette !

« Ne t'afflige pas ; tout va être fini. Te souviens-tu d'une tragédie allemande que tu me lisais un soir chez nous ? Le héros de la pièce demande : « Qu'est-ce que nous crierons en mourant ? – Liberté ! » répond le petit Georges. Tu as pleuré en lisant ce mot-là. Pleure donc ! c'est le dernier cri de ton amie.

« Les pauvres meurent sans testament ; je t'envoie pourtant une boucle de mes cheveux. Un jour que le coiffeur me les avait brûlés avec son fer, je me rappelle que tu voulais le battre. Puisque tu ne voulais pas qu'on me brûlât mes cheveux, tu ne jetteras pas au feu cette boucle.

« Adieu, adieu encore ; pour jamais.

« Ta fidèle amie,
« Bernerette. »

On m'a dit qu'après avoir lu cette lettre, Frédéric avait fait sur lui-même une funeste tentative. Je n'en parlerai pas ici : les indifférents trouvent trop souvent du ridicule à des actes semblables lorsqu'on y survit. Les jugements du monde sont tristes sur ce point ; on rit de celui qui essaye de mourir, et celui qui meurt est oublié.